비워도 허전하지 않습니다

줄일수록
뿌듯한
제로 웨이스트
비건 생활기

비워도 허전하지 않습니다

글·그림 이소

문학수첩

목차

'예? 제로 웨이스트요?'

출판사로부터 제로 웨이스트에 대한 글로 책을 만들고 싶다는 얘기를 처음 들었을 때 적잖이 당황했다. 오늘도 쓰레기와 사투를 벌이는 나에게 제로 웨이스트라니. 나는 아직 모르는 것도 많고 이미 앞서가는 사람들도 많은데 과연 내가 무슨 말을 할 수 있을까.

제로 웨이스트와 환경과 관련한 여러 에피소드를 그림 에세이로 풀기로 해놓고 책상에 앉아 지나온 긴 시간을 돌아봤다. 지금의 생활은 어디서부터 시작했는지, 어떤 일들을 지나왔는지, 그리고 앞으로 어떤 생활을 하고 싶은지. 생각해 보니 생활을 기록하고 공유하고 싶은 마음은 항상 있었던 거 같다. 일기장에 흘어진 프로젝트 이름과 야심차게 개설했다가 며칠을 넘기지 못하고 버려둔 블로그들. 책 제목도 어느 때의 블로그 이름에서 가져왔다. 시작도 제대로 못 한 이야기를 이제라도 한 단락씩 정리해 보아야겠다고 마음먹었다.

그동안 기록하지 못하고 머뭇거렸던 건 아마도 누군가에게 설명하고 설득할 자신이 없었기 때문일 거다. 쓰레기를 줄이고 플라스틱과 샴푸를 안 쓰고 채식을 하는 행동에 '그게 뭐야?, 왜 하는 거야?'라고 물어보면 내가 보고 들었던 정보들이 마구 엉켜 '이랬던 거 같은데…' 하며 우물거리게 되고 만다. 오랜만에 모인 자리에서 기후변화와 인류의 위기에 대해 논하고, 밥상에서 공장식 축산으로 학대받는 동물들에 대해 매끄럽게 얘기할 방법이 있을까. 어디서부터 이야기를 시작해야 할지 늘 어렵다. 상대방을 불편하게 하거나 잔소리처럼 들릴까 봐 대충 얼버무리고 가만히 있는 쪽을 택한 날이 많다. 어쩌다 용기 내서 한 말이 '환경에 관심이 많군요.' 하는 반응으로 돌아오는 것도 맥이 빠졌다. 서로의 좁혀지지 못한 거리만 느낀 채 내가 너무 도덕적이고 이타적인

사람으로 비춰지는 것도 불편했다. 난 그렇게 착한 사람이
아닌데.

　복잡한 마음으로 방 정리를 시작했던 그날부터 시작해,
제로 웨이스트를 알게 되고 기후위기와 비거니즘으로 관심
사가 옮겨가면서, 세상에 도움이 되진 못하더라도 조금이라
도 더 무해한 사람이 되길 바랐다. 환경을 우선순위로 두다
보면 문명의 이기를 포기하고 불편함을 감수해야 할 때가 있
다. 이미 알아버린 것을 돌이킬 순 없기에 그렇게라도 해서
죄책감을 덜어내고 싶다. 숫자와 통계에 약한 나지만 '1.5'는
기억하고 다닌다. 1.5도. 지구의 평균기온 상승이 이 숫자를
넘기면 우리는 돌아올 수 없는 강을 건넌다. 그때가 되면 내
가 할 수 있는 최소한의 일조차 아무 소용이 없어지겠지. 그
때가 오기 전에 뭐라도 보탬이 되려고 크고 작은 욕망들과
싸우며 고군분투 중이다.

　나의 실천은 자신을 돌보는 마음에서 시작된다. 인류의
앞날은 뿌옇고 거스를 수 없는 흐름 속으로 사라질 것 같은
기분이다. 하찮은 것이라도 실천하며 나의 존재를 느끼고 희
망의 조각을 모은다. 기록하고 공유하는 일은 어딘가 나처럼

흐릿하게 존재하고 있는 사람을 향해 신호를 보내는 일일지도 모르겠다. '거기 누구 있어요?' 손을 더듬더듬 내밀어 본다. 앞으로도 실수하고 실패하겠지만 같이 힘을 내자고. 그래서 또다시 시작해 보자고.

1부

알아차리는
생활

장바구니를 꼭 챙깁니다.

생활의 무게

　　　　　　　　대학에 들어가 자취를 시작한 이후로
매년 이사를 했다. 이사를 할 때마다 겪는 큰 난관은 미술 재
료들과 도구들을 옮기는 일이었다. 혹시나 전공에 필요하지
않을까 해서 모아둔 잡동사니들이 한가득했다. 마음대로 들
어왔던 물건들은 좀처럼 쉽게 나가지 않았다. 그 결과 몇 박
스로 시작했던 살림살이는 나중에 트럭을 불러 꽉꽉 채워야
할 정도로 늘어나 있었다. 혼자 살면서 무슨 짐이 이렇게 많
냐고 매번 엄마에게 잔소리를 들었다. 그럴 때면 다 필요한
거라고 입을 삐죽이며 박스를 잘라 수납공간을 만들고, 짐을

차곡차곡 테트리스처럼 정교하게 쑤셔 넣었다.

　예쁜 음료수 병이나 디자인이 마음에 드는 패키지, 이국적인 느낌의 박스와 잡지에서 발견한 자료들을 모아 책상은 물론, 벽면까지 빼곡히 채우곤 했다. 그리고 알록달록한 색과 구제 스타일의 독특한 옷, 다양한 액세서리들로 서랍과 옷장을 가득 채웠다. 지금으로선 상상하기 힘든 이십대 초반의 스타일이었다. 하루가 멀다고 매일 어딘가를 쏘다니며 무가지, 스티커, 맘에 드는 로고가 찍힌 티슈까지, 나의 여정을 드러내는 별별 물건들을 쌓아나갔다. 처음으로 독립해서 살며 '나만의 취향'으로 작은 방을 채워나가는 게 즐거웠다.

　서울에 살면서 열 손가락으로 못 셀 만큼 이사를 하니, 어느 순간 원룸을 전전하는 삶에 질려버렸다. 바쁘기만 하고 나아지는 게 없는 생활은 의문스럽기만 했다. 그 무렵부터였을까. 방에 있으면 즐거움보단 불안감이 들었다. 쌓인 물건들은 해결 못 한 일거리로 보이고 이내 숨이 막혔다. 내가 가진 짐은 곧 내가 책임져야 할 생활의 무게로 다가왔다. 모든 가능성을 열어 두었던 이십 대였는데, 실은 마음만 급했던 것이었다. 서둘렀던 만큼 내가 소화하지 못한 물건들이 밀린

학습지처럼 쌓여 있었다. 서른이 다가오는데 가진 건 언젠가 쓸모 있을지 모를 물건뿐이라니. 나의 민낯을 보는 듯해서 부끄러웠다. 언젠간 잘될 거라 말하며 잠재력만 믿고 어느 일 하나 제대로 하는 것 없는 나. 이제는 여기저기 기웃거리기보다 할 수 있는 일에 좀 더 집중해야 하지 않을까.

'에잇.' 복잡한 머릿속과 함께 방을 포맷해 버리고 싶다는 충동이 일었고, 방을 치우기로 결심했다. 짐을 정리하다 보면 무엇을 선택하고 앞으로 어떻게 살아야 할지, 생각이 좀 정리되지 않을까 기대하며. 온갖 욕망이 뒤엉켜 있는 물건들. 어떤 건 이미 시간이 지나 빛을 잃은 지 오래였다. 어떤 가능성을 위해 움켜쥐고 있었던 것들을 보며, 하고 싶다고 해서 모든 일을 다 할 수 없다는 걸 인정해야만 했다.

물건에 붙은 미련을 지우고 나면 내가 어떤 사람인지 좀 더 명확하게 보이지 않을까. 생활의 무게를 덜어내고 가벼운 마음으로 내일을 맞이하고 싶었다.

방 귀신

글로 배운 정리

가득 쌓인 짐들을 정리하기로 마음먹었지만, 구체적으로 어떻게 해야 할지 몰랐다. 우선 도서관에 가서 '정리'에 관한 책을 빌려 읽기로 했다. 어떤 책은 하루에 몇 분씩 시간을 정해 물건을 정리하라 하고, 다른 책은 하루에 모든 물건을 꺼내 모아놓고 필요한 것만 남기고 버리라는 조언을 했다. 실로 다양한 방법의 정리가 있었지만, 공통적인 건 모든 정리에 '비움'의 과정이 가장 중요하다는 거였다. 지금이야 무슨 당연한 말인가 싶지만, 그때까지 내가 했던 건 물건의 배치를 바꾸고 수납함을 새로 미련하는 '정돈' 수준이었다. 정리를 제대로 하려면 '버려야' 한다는 걸 몰랐던 거다.

　본격적인 방 정리를 시작하려니 엄두가 나지 않아, 한동안은 책으로만 '정리'를 익혔다. 마치 인테리어 잡지를 보듯 정리된 방 사진만 봐도 대리만족이 되었다. 책에서 '미니멀리즘'이란 단어를 배웠고, 일본에선 '단샤리'라는 유행이 있었다는 사실도 알았다. 유난히 정리에 관한 책에서 일본인 저자가 많다고 생각했는데, 그 이유가 2011년 동일본 대지진을 겪은 영향 때문이라고 한다. 솔직히 책을 펼칠 때마다 모델하우스처럼 정갈한 집을 보며 100퍼센트 믿기 어려웠다. '러브하우스'나 '신박한 정리'와 같이, 집이 변신하는 예능 프로그램을 볼 때도 저 상태가 과연 얼마나 유지될까, 의심하는 쪽이었기 때문이다. 나도 답답한 마음이 폭발해 정리를 시작했지만, 후쿠시마 원전 사고 정도로 충격적인 일을 겪으면 저렇게 깔끔해지는 걸까 싶었다(그렇다고 해서 경험하고 싶다는 건 절대 아니다).

　그러다 도서관에서 미니멀리즘 도서와 같은 칸에 꽂혀 있었던 《나는 쓰레기 없이 산다》라는 책을 만났다. 그리고 쓰레기 없이 산다는 저자가 1리터 병에 모은 일 년 치의 쓰레기의 양을 보고 경악했다. 텅 빈 듯한 미니멀리즘 방은 많이 봤어도 이렇게 생활의 흔적을 유리병 하나로 축소한 건 처음이라 더 놀라웠다. 이런 삶이 정말 가능한 건가? 어떻게 하면 되는 거지? '제로 웨이스트'라는 개념이 쓰나미처럼 다가와 내가 갖고 있던 삶의 방식에 지각변동을 일으키기 시작했다.

느리지만 꾸준히

제로 웨이스트와

어떻게 하면 쓰레기 없이

미니멀리즘 사이에서

잘 버릴 수 있을까?

안 입는 옷

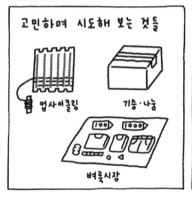

고민하며 시도해 보는 것들

업사이클링

기증·나눔

벼룩시장

세상에서 가장 느린
방법으로 정리하는 듯

그래도
꾸준히
해 봐

🐾 어제와 다른 오늘

2015년에 '쓰레기 제로'라는 이름을 붙인 프로젝트를 혼자 거창하게 시작했다. 블로그에 쓰레기 없이 지내는 일상을 기록하며 하루하루 발생하는 쓰레기들을 관찰했다. 음식물 쓰레기와 유리, 캔, 종이와 같이 분리배출이 비교적 쉬운 걸 제외하고 나니 제일 골칫거리인 건 플라스틱이었다. 그러고 보니 제로 웨이스트는 '플라스틱 제로'를 실천하는 것이나 마찬가지인 듯 했다.

그래서 가장 먼저 플라스틱 소비를 줄이려고 애썼다. 전에는 플라스틱도 분리배출만 잘하면 되는 줄 알았는데, 대부분 재활용되지 않고 소각이나 매립된다는 사실을 알았다. 여태까지 열심히 씻고, 떼어내고, 분류했던 행동들은 뭐였나 싶었다. 분명 집집마다 열심히 실천하는 손들이 많을 텐데 말이다. 하지만 이건 나의 무지라기보다는 환경문제에 둔감한 사회 시스템 때문도 있지 않을까. 게다가 일부 플라스틱도 재활용 과정에서 에너지와 비용이 들 뿐만 아니라 탄소배출을 할 것이고, 또 재활용했다 하더라도 그 플라스틱을 또다시 재활용하긴 어렵다고 들었다. 그렇다면 내가 이해한 바론 어쨌든 플라스틱은 결국 쓰레기가 된다는 말이다. 잠시 사용한 일회용 플라스틱이 내가 사는 것 이상으로 지구 어딘가에 영원히 남아있다고 생각하니 생각할수록 큰일이다. 이러다 인류가 플라스틱 더미에 파묻히는 건 시간문제다.

'그래, 이제부터라도 플라스틱을 쓰지 않겠어!'

답은 플라스틱 사용을 하지 않는 거라 강한 확신을 갖고 집을 나선 첫날이었다. 그러나 이게 웬걸, 시작부터 막혀버렸다. 평소 습관대로 편의점에 들어갔더니 모든 물건이 플라스틱과 비닐로 꼼꼼히 포장되어 있는 게 아닌가. 어라, 원래 이랬나? 분명 같은 장소인데 어제와 오늘이 너무나 다르다. 어제까지만 해도 물도 사고 간식거리도 사던 곳이 오늘은 플

비워도 허전하지 않습니다

라스틱 쓰레기의 온상지로 보인다. 포장된 물건을 너무나 당연히 여겼던 어제까지의 삶이 반성되었다.

　그래도 무엇 하나는 살 수 있지 않을까 싶어서 편의점을 한 바퀴 돌아봤다. 구석구석 스캔해서 발견한 건 유리병에 담긴 탄산수였다. 겨우 하나를 사서 밖으로 나서며 이젠 어디서 무얼 사야 할지 막막해졌다. 원래는 빵도 살까 했는데 빵집 유리창 너머로 힐끔 보니 모두 다 비닐에 포장되어 있어 그냥 포기해 버렸다.

　'크아-.'

　작업실에 도착해서 묵직한 탄산수 병을 꺼내 첫 모금을 따갑게 마셨다. 앞으로 물은 사 먹지 말고 집에서 물통에 담아 와야지. 1+1하는 간식거리도 이젠 빠이빠이. 빵이나 간식은 대안이 생각날 때까지 우선 참아보자. 이참에 돈도 아끼고 건강도 돌보는 좋은 기회가 될지도 몰라. 병에 포르르 올라오는 기포를 물끄러미 바라봤다. 앞으로 무엇을 할 수 있고, 할 수 없는지. 또는 과연 내가 잘해낼 수 있을지, 플라스틱 없는 삶이 정말 가능하긴 한 건지 등의 여러 잡념이 솟아올랐다 사라졌다. 그렇게 '쓰레기 제로'의 첫날이 지나갔다.

편의점

비뚤배뚤 업사이클링

　　무의식적으로 모아둔 빵 끈이 몇 주 안 되서 수북이 쌓였다. 지옥의 형벌장에 '내가 버린 쓰레기의 방'이 있다면, 나는 분명 빵 봉지와 빵 끈이 가득한 방에 가게 될 거야. 반짝거리는 빵 끈들을 보며 죄책감에 휩싸인다. 이걸 어떻게 사용할 방법이 없을까. 분리배출 할 때마다 큰 봉투에 가득 찬 각종 비닐과 플라스틱 통 들을 보면, 내가 환경오염의 주범이 아닐까란 생각이 든다. 나 같은 사람이 몇 명만 모이면 플라스틱 산이 만들어지는 건 순식간일 텐데.

　　방법을 찾다가 안 입는 티셔츠를 비닐 대용으로 사용해

서 빵 주머니를 만들기로 했다. 사방을 둘러막는 간단한 바느질이라 생각했지만 주머니가 제법 커서 손끝이 저렸다. 어깨가 뭉쳐 고개를 좌우로 돌리며 이렇게까지 해야 하나 싶어 재봉틀이 갖고 싶어졌다. 그런데 그러면 봉지를 아끼는 것보다 더 큰 탄소배출이 되려나. 그래도 하나 있으면 좋지 않을까. 갸우뚱거리는 동안 손은 부지런히 움직여 주머니를 완성했다.

자, 이제 필요한 건 '용기'와 '빵'이다. 과연 빵 주머니에 빵을 담아올 수 있을까. 떨리는 마음으로 동네 빵집으로 갔다. 아직 비닐 포장 전인 빵 하나를 골라 트레이에 담았다. 그리고 최대한 담담하게 얘기했다. 빵집 주인이 수상하다는 느낌을 받지 않도록.

─비닐봉지 말고 여기 넣어주세요.

장전해 둔 총마냥 가방 속에 쥐고 있던 빵 주머니를 얼른 꺼내 내밀었다. 빵집 주인은 처음에 장바구니로 생각했는지 비닐을 가지고 와 빵을 담으려고 했다. 비닐로 빵을 담아 주머니에 넣어줄 생각이었는 듯하다.

─아니요, 비닐 말고 여기 바로 담아주세요.

─빵가루 묻을 텐데, 괜찮아요?

-네!

약간 긴장한 탓인지, 평소보다 언성이 높아졌다. 휴. 미션 클리어. 빵집 나오면서 이렇게 스릴 있기는 처음이네.

주머니를 만들고 나서 자신감이 붙었는지 내친김에 구멍 나거나 보풀이 일어나 못 입는 티셔츠, 안 입는 타이츠와 스타킹을 모두 꺼냈다. 그리고 인터넷에서 '티셔츠로 실 만들기' 영상을 찾아 틀었다. 티셔츠를 일정한 간격으로 나누고 죽죽 잡아 당겨 실로 만드니 검정색, 회색, 커피색 실타래가 생겼다. 그리고 다음 날 난생처음 뜨개방이란 곳을 찾았다. 영상에서 만든 실로 뭔가를 짜려면 코바늘이 필요하다는 걸 알았기 때문이다. "안녕하세요."하고 머쓱하게 들어서니 아주머니들이 끊임없이 손을 움직이며 이야기를 나누고 계셨다. 작은 가게 안엔 수세미부터 시작해 옷, 가방, 커튼 등 뜨개로 만든 물건들로 가득했다. 이런 걸 보고 없는 것 빼곤 다 있다고 말하는 구나. 바늘과 실만 있으면 뭐든 만들 수 있을 거 같은 곳이다. 고구마를 까먹으며 뜨개질을 하고 있는 아주머니들이 비범해 보였다. 집에 돌아와 한 번 더 유튜브의 도움을 받으며 손동작을 더듬더듬 따라 했다. 영상을 계속 멈춰가며 힘겹게 완성한 티코스터는 어딘가 가이 맞지 않고 비뚤배뚤했다. 그렇지만 이런 게 손맛이 아니겠어. 코스터에 올려둔 컵이 살짝 기우뚱한 건 기분 탓일거야. 나의 첫 작품을 바라보며 흐뭇한 미소를 지었다.

빵 주머니

파우치와 나

       드로잉 수업 시간에 자신이 가진 소지품을 꺼내 하나씩 그려보기로 했다. 무심코 들고 다니는 물건을 들여다보면 나라는 사람이 보인다. 그런 의미에서 소지품 드로잉이 일종의 자화상이란 생각이 들었다. 작고 익숙한 물건들은 드로잉 초보자들이 편하게 느끼는 대상이기도 하지만, 내가 무슨 물건이 필요하고 어떤 물건을 쓰는 사람인지, 그림을 그리는 동안 자신을 돌아보는 계기가 된다.

    수업 전 미리 예시 자료를 만들 겸 그날의 소지품들을 꺼내 펜으로 그리기 시작했다. 핸드폰, 지갑, 이어폰, 충전기,

열쇠, 립밤, 립스틱, 핸드크림, 거울, 티슈, 아이브로, 인공눈물, 휴대용 향수, 휴대용 칫솔, 치약, 생수통, 호올스 사탕, 미니 볼펜…. 주르륵 늘어놓은 물건들을 보니 가방이 왜 무거운지 알겠다.

물건의 이유를 살펴봤다. 손과 입술이 푸석푸석하면 도통 집중할 수 없어서 핸드크림과 립밤은 꼭 필요하다. 라섹 수술을 한 후론 눈이 쉽게 건조해 인공눈물을 항상 챙기고, 갈증을 쉽게 느껴 어딜 가든 늘 물통을 갖고 다녔다. 나는 수분이 부족한 사람이었나? 건조한 상황에 얼마나 많은 대비를 하는지 물건들이 말하고 있었다. 드로잉 제목을 '건조하면 불안한 사람'이라 붙여야 할 거 같다. 그런데 갑자기 대부분 소지품이 플라스틱으로 만들어졌다는 게 거슬렸다. 앞으론 소지품도 줄이고 플라스틱의 대안을 찾아보기로 했다. 내 건조함을 막자고 지구까지 푸석하게 만들 순 없지 않나. 수업에 보여줄 그림을 완성하고 나니 '앞으로 쓰지 않을 물건들'이라 붙이고 싶어졌다.

+ 7년 전 그림에 그려진 물건들을 보니 지금과는 너무 다른 내가 있었습니다. 요즘은 화장을 거의 하지 않아서 어떻게 저런 도구를 다 들고 다녔을까 신기하기만 합니다. 열쇠와 이어폰을 보고 '몇 년

전만 해도 이걸 썼구나!' 하며 깜짝 놀라기도 했어요. 오늘 파우치를 보니 립밤은 여전히 있네요. 입술이 건조한 걸 아직도 잘 못 견딥니다. 언젠간 파우치가 없어도 괜찮은 사람이 되고 싶습니다.

왓츠 인 마이백

가방 속에

가방

그 가방 안에

또 가방

🙂 네모 둘, 원통 하나

인류가 멸망하고 다음 세대가 나타나 인간이 지구를 지배했던 시대의 지층을 파보면 닭 뼈와 플라스틱이 가장 많이 나올 거라고 한다. 인류가 플라스틱을 발명하고 본격적으로 사용하기 시작한 건 100년이 채 안 된다는데, 지구는 온통 플라스틱으로 뒤덮인 듯하다. 플라스틱이 없을 땐 대체 어떻게 지냈지? 플라스틱이 신경 쓰이기 시작한 후로 플라스틱 레이더가 있는 사람처럼 곳곳에 숨어있는 플라스틱이 너무 잘 보였다. 장을 보러 가면 한숨이 나오고 선택 장애가 심해졌다.

'사? 말아?' 슈퍼에서 물건을 하나 집어 들고 5초간 멈춰서서 동공이 흔들리고 있는 사람을 발견한다면 그게 바로 나다. '포장 안 된 게 있나?' 눈에서 레이저를 쏘며 십 미터 전부터 빵집 안을 스캔하는 사람을 발견한다면 그것도 나다. 매 순간 정신 차리고 있지 않으면 어느새 플라스틱 손에 들려 있기에 주의를 기울여야 한다. 양파는 비닐에 들어 있지 않아서 냉큼 집었다가 그물망 또한 플라스틱 소재라는 걸 깨닫고 고민에 빠진다. 그뿐만 아니라 쇼핑을 할 때도 옷과 신발의 합성 소재라든지, 생각지 못했던 접착제나 캔, 프라이팬의 코팅제 등등 플라스틱은 종류도 다양하고 쓰임도 참 많다.

겉으론 크게 티가 나지 않을지 몰라도 속으론 굉장한 갈등이 오가고 있었기에, 장을 보고 물건을 살 때마다 플라스틱의 대안을 찾지 못해 절절맸다. 그래서 한꺼번에 모두 바꾸긴 어려우니 목표를 낮추고 천천히 하나씩 바꿔나가기로 했다. 알아차리는 것만으로도 변화는 이미 시작되었다고 마음을 가볍게 해보기로 한 것이다.

가장 처음 바꾼 습관은 생수통을 더 이상 사지 않는다는 거다. 텀블러의 용도를 두 가지로 나눠 하나는 생수만 담았다. 그러니까 물을 마실 때 미미하게 남아있는 커피나 차의 맛이 나지 않았다. 다른 텀블러도 세척 방법을 찾아 베이킹소다로 씻으니 전보다 깨끗해진 듯 했다. 게다가 플라스틱 생수통의 세균 번식이나 환경호르몬 같은 찝찝함이 없고, 나 때문에 인도에 플라스틱 산이 만들어지는 것 같은 죄책감 역시 조금 덜어졌다.

   그다음으로 휴지나 물티슈 대신 손수건을 사용하기로 했다. 돌이켜 보니 어릴 적 아빠 주머니엔 항상 지갑과 함께 손수건이 있었다. 요즘에는 손수건을 쓰는 사람을 보기가 힘들다. 일회용품을 쓰면 마치 세균 하나 없는 청결한 생활을 하고 있다는 인상을 주지만, 혹시 광고 속 이미지에 세뇌된 건 아닐까? 책상 위의 물티슈가 눈에 들어왔다. 항상 젖어있는 데 왜 썩지 않고 곰팡이도 피지 않는 걸까? 가습기 살균제 사건의 충격이 되살아나며 복잡한 화학물질이 적힌 생활용품들이 의심스러워지기 시작했다. 뭐, 어쨌든 플라스틱 합성섬유로 만드는 물티슈는 앞으로 쓰지 않을 생각이다.

   또 하나의 습관은 가방 속에 장바구니를 항상 넣어두는 것이다. 얇은 천 가방을 둘둘 말아 다니면 부피를 차지하지 않아 편하다. 그리고 언제 어디서든 비닐을 사용할 일이 생길 때 비상용으로 꺼내 쓰면 된다. 혹시 모르니 전에 사용한 비닐을 한두 개 접어서 넣어둔다. 그러면 흙이 많이 묻어있거나 젖어있는 청과물을 담을 때 요긴하다. 또한 무게가 많이 나가는 것들은 비닐봉지로 들고 가면 손에 빨간 줄이 가고 금세 아파지는데, 천 가방은 어깨에 걸치면 되니 한결 편하다.

　번거로울 것 같은 일도 습관이 될수록 익숙해진다. 처음엔 '텀블러, 손수건, 장바구니'를 꼭 챙겨서 외출하자고 마음먹고도 종종 까먹어서 '아차!' 하는 순간이 많았다. 어떻게 하면 잊지 않고 준비물을 챙길까 고민하며 노트를 펴놓고 끄적대다가 어느 순간 큰 네모, 작은 네모, 원통 하나를 그려놓은 걸 발견했다. '큰 네모'는 천 가방, '작은 네모'는 손수건, '원통'은 텀블러였다. 아! 이렇게 외우면 되겠구나.

　'외출할 땐, 네모 둘 원통 하나.'

　구호처럼 말하고 나니 습관을 들이기 훨씬 수월해졌다. 쓰레기를 줄이고 싶은데 실천하기 어려운 사람이 있다면 '네모 둘, 원통 하나'를 떠올려보길 바란다.

오늘도 무사히

어디서 안날지 모르는

플라스틱 소비를 막기 위해

앗! 사고 싶잖아…

외출할 땐,

장바구니를 꼭 챙깁니다.

휴ㅡ 오늘도 무사했다.

만들어 볼까요?

            화장품을 만들기 위해 필요한 걸 찾다
가 오래된 기억이 불쑥 튀어나왔다. 한 방송에서 강산에게
"지금 아내는 뭘 하고 있나요?"라고 묻는 장면. 천연 화장품
을 만들고 있다는 대답과 함께 카메라 앵글은 뒤쪽으로 포커
스를 맞춰, 꾸밈없는 차림새로 몇 가지 재료를 두고 무언가
슥슥 만들고 있는 사람을 비추었다. 그 장면은 이상하게 오
랫동안 마음에 남았고, 화장품을 만들어 쓰는 것에 대한 로
망을 심어주었다. 전에는 화장품을 직접 만들어 쓸 수 있다
는 생각을 해본 적이 없다. 태어날 때부터 화장품은 통에 담

겨 있지 않았나. 로션은 무엇으로 만들며 어떻게 생산되는지 생각할 필요가 없었다. 공장을 거쳐 포장된 결과물이 당연한 모습인 줄 알다가, 만드는 과정을 보니 너무나 신기하고 재밌었다.

기본 도구인 비커와 저울, 온도계를 주문하려니 과학 실험을 준비하는 것 같았다. 한편으론 미니멀리즘을 하자 해놓고 물건이 더 늘어나는 꼴이 아닌가 걱정이 되었다. 그래도 장기적으론 불필요한 화장품 소비와 쓰레기가 줄어들 거라고 자신을 다독이며 시약 스푼, 실리콘 주걱 등을 추가로 장바구니에 넣었다. 화장품 재료들도 담다가 요리할 때 쓰는 올리브나 코코넛 오일로도 로션을 만든다는 걸 알고 이상한 기분이 들었다. 소스를 얼굴에 바르는 기분이 든달까. 어쨌든 레시피에 있는 내용에 따라 주문을 완료했다.

도착한 재료들로 화장품 만드는 방법을 하나씩 따라 했다. 이게 과연 로션이 될까, 제대로 하고 있는 걸까 만드는 내내 의심스러웠다. 한번은 계량 실수로 물(수상층)과 기름 성분(유상층)이 잘 섞이지 않아 두 층으로 분리된 로션이 만들어지기도 했다. 여러 시행착오를 겪으며 7~8년의 시간을 보내고 나니 이젠 꼭 레시피대로 하지 않아도 원하는 재료를 골라 대략 비율을 맞춰 만들 수 있다. 그래도 비율을 계산하고 온도를 체크하는 건 가장 중요한 일이라 여전히 신경이 곤두선다.

화장품을 담을 땐 되도록 플라스틱 대신 알루미늄이나 유리로 된 통을 쓰고, 다 쓴 화장품 통은 깨끗이 씻어 에탄올로 소독하고 재사용한다. 2~3개월에 한 번씩 화장품을 만들어 냉장고에 넣어두고 한 통씩 꺼내 쓰는데, 김치 냄새가 배지 않으려면 밀폐용백으로 몇 겹을 꽁꽁 싸둬야 한다. 화장품을 만들어 친구들에게 선물하기도 하고 때론 함께 만들기도 하는데 반응이 좋다. 이렇게 늘 만들어 쓰다 보니 이제는 시중에 파는 화장품 가격도 생각나지 않는다. 음… 로션 하나가 얼마였더라?

화장품 만들기

재료를 잘 계량하고,

70도가 될때까지 기다린다.

흠…

조심스럽게 섞어서

거품이 생기지 않게…

윙~

윙~

55도에 첨가물을 넣으면

~완성!

글리세린

천연 방부제

에센셜 오일

2부

비우는

생활

돌려주기와 거절하기

비닐을 벗기지 않은 빨대, 포크, 나이프 등 집 안 구석구석에 숨겨진 일회용품들을 모두 꺼내 보니 양이 상당했다. 쓰지도 않는데 원래 있던 곳으로 돌려주면 어떨까. 가게 주인이 이상하게 보면 어쩌지. 나쁜 짓 하는 것도 아닌데 뭐 어때. 가게별로 분류하니 생각보다 양이 그렇게 많지 않아 그만둘까 하는 생각이 들었다. 하지만 갖다주는 귀찮음보다 버리는 찜찜함이 더 커서 시도라도 한 번 해 보기로 했다. 햇볕이 쨍하다는 핑계로 선글라스를 썼더니 좀 뻔뻔해진 느낌이다. 후. 심호흡을 크게 하고 첫 번째 가게로 들어섰다.

　-어서 오세요.

　-안녕하세요. 저… 이거 돌려드리려고요.

　-네에.

　오! 뭐지? 받아주네? 잔뜩 긴장해서 물었는데 흔쾌히 받아주신다. 꺅. 이런 걸로 이렇게 신나다니. 플라스틱 없는 삶을 실천하다 보면 원래 생활 방식을 뒤집는 도전이 필요하다. 스릴과 재미 또한 뒤따르고. 내친김에 동네 한 바퀴를 산책하는 마음으로 편의점, 프랜차이즈 베이커리, 카페를 모두 돌았다. 원래도 가벼운 일회용 플라스틱들이라 무겁진 않았지만 돌려주고 나니 가방이 한결 가볍고 발걸음이 사뿐해졌다. 집에 돌아오니 카오스였던 주방 서랍이 깔끔해져서 보고 또 봤다. 이제 필요한 물건을 훨씬 더 빨리 찾을 수 있을 거다. 그리고 앞으론 번거롭게 돌려주는 일이 없도록 일회용품이 생기기 전에 잘 거절해야지. "빨대는 주지 마세요.", "비닐봉지 안 주셔도 돼요.", "젓가락 필요 없어요." 같은 거절의 말을 다정한 표정으로 할 수 있을까. 괜히 한번 거울을 보고 웃어본다.

🐷 중고 장터

　　자잘한 잡동사니를 모아 2주에 한 번
씩 열리는 중고 장터로 들고 갔다. 잡동사니를 빨리 처분하
고 싶은 마음에 1,000원 안팎으로 가격을 매기고, 정해진 구
역에 준비해 온 돗자리를 깔아 물건을 늘어놨다. 어서어서
가져가세요. 엄마가 아이에게 천 원짜리 몇 장 쥐어준다. 으
흠. 시장 놀이가 시작되었다. 작은 손으로 물건을 움켜쥐고
있는 걸 보고 있으니 가격은 구매자의 눈높이에 맞춰 내려간
다. 오백 원입니다(아, 동그란 손 너무 귀여워). 여기 거스름돈이
요. 처음일지 모르는 아이의 경제활동에 살짝 동참하며 나도

판매를 시작했다.

벼룩시장에는 디스플레이를 멋지게 해두고 판매에 열을 올리는 분들도 있었고, 수완이 좋아 한몫 챙기는 분도 있는 듯했다. 나는 그저 두 손 가볍게 집에 돌아가길 바랄 뿐이었고, 교통비와 그날의 외식비 정도만 남아도 충분했다. 들인 시간과 노동을 생각하면 손해 보는 장사지만, 물건을 버리지 않고 필요한 누군가에게 나누었다 여기니 개운한 기분이 들었다.

계속 앉아있으니 좀이 쑤시고 괜찮은 물건이 있나 싶어서 마켓을 한 바퀴 돌아봤다. 대부분 옷과 신발, 액세서리 들이었다. 유아 용품이나 아동 도서같이 한시적으로 쓰는 물품, 유행 따라 샀다가 잘 사용하지 않는 주방 기구나 가전제품 들도 있었다. 그때는 꼭 필요한 것 같았으나 지금은 쓸모를 잃은 물건들. 한참 바라보고 있으니 오히려 구매욕이 떨어졌다. 우리는 필요보다 훨씬 많은 물건을 갖고 있는 게 틀림없어. 정리하면 할수록 내가 가진 것이 너무 많다는 걸 알아차린다. 판매자로서 잘 팔리면 기분이 좋지만, 그래도 사람들이 꼭 필요한 것만 사가길 바랐다. 싸다고 그냥 샀다가 어딘가에 내

버려 두거나 쓰레기가 된다면 나도 영 찜찜할 거 같다.

요즘엔 코로나로 이런 대면 행사가 어려우니 중고 거래 앱으로 안 쓰는 물건들을 틈틈이 내놓는다. 간혹 누가 필요할까 싶어 올려두는 것도 신기하게 찾는 사람이 나타난다. 얼마 전 물건을 정리하며 비닐도 뜯지 않은 CD-RW를 두 개 발견했는데 골동품을 발견한 기분이다. 불과 몇 년 전까지만 해도 익숙하게 사용했던 물건이 이제는 플라스틱 조각에 불과하다. 아무리 CD에 읽고 쓰는 기능이 있어봤자 집에 CD 플레이어조차 없다. 버릴까 하다가 무료 나눔으로 올려봤는데, 역시 가져가겠다는 분이 나타났다. 오호라. 이 물건을 어디에 쓸지 궁금했으나 차마 물어보진 못했다. 대신 친구에게 물어봤다. 그분은 CD를 가져가서 뭘 할까? 수산시장에 가면 파리 쫓는 용으로 CD를 쓴다는 말을 들었다. 반짝이는 표면에 도망을 간다고. 흠. 사거리에서 만난 그분은 너무나 평범한 직장인 차림새였다.

골라골라

필요 없는 물건들을 정리하는 또 다른 방법은 주변 사람들에게 나누는 거다. 약속이 생기면 만나러 가기 전에 그 사람에 대해 고민해 본다. 내겐 필요 없지만 상대방에게 필요할 것 같은 물건을 하나 골라 만났을 때 선물한다. 딱 맞는 주인을 찾아 줬을 때 물건은 그제야 빛을 발한다. 받는 사람의 표정은 환해지고 만남의 자리도 밝아진다.

크리스마스나 연말엔 지인들과 모여 선물을 교환하는데, 선물은 새로 사지 않고 각자의 집에 안 쓰는 물건들을 가

져오기로 한다(포장도 이왕이면 재사용 포장지를 사용한다). 제비
뽑기나 사다리 타기를 해서 랜덤으로 주고받는데, 어떤 선물
이 걸릴지 잔뜩 설렌다. '나에겐 어떤 선물이?' 하며 선물을
열어보는 표정이 제각각이라 반응을 보는 재미가 있다. 누
군가는 정말 꼭 필요한 선물을 골라 기쁨의 환호성을 지르지
만, 다른 누군가는 '이걸 어디다 쓰지?' 하는 곤란한 표정이
된다. 잉여의 물건을 부담 없이 나누고 물건에 얽힌 이야기
도 함께하다 보면 연말 모임 자리가 풍성해진다. 작년엔 코
로나로 직접 만나지 못하니 대신 랜선으로 만났다. 사다리
타기 프로그램으로 선물을 뽑고 물건을 택배로 보냈다. 도착
한 상자엔 아기자기한 물건과 함께 안부를 전하는 작은 엽서
가 들어 있었다.

　　모르는 사람과도 얼마든지 나눌 수 있다. 쓰지 않고 모
아둔 자투리 천들을 그냥 버리긴 아쉬워 온라인에 무료 나
눔으로 올린 적이 있다. 그때 생애 가장 빠르면서도 폭발적
인 댓글을 경험했다. 몇 초 만에 댓글이 주르륵 달리니 유명
인이라도 된 기분이었다. 선착순으로 첫 번째 댓글을 단 분
에게 연락을 했다. 그랬더니 글을 올린 지 한 시간도 채 안 되
어 직접 와서 물건을 받아 갔다. 게다가 보답으로 빵도! 짧은

시간에 골칫거리가 사라지고 간식이 생겼다. 뭐 이런 신나는 일이 있지. 이때부터 '삶이 무료할 땐 무료 나눔을!' 해야겠다고 마음먹었다.

빠른 행동력과 빵(?)으로 나를 감탄케 한 분은 자투리 천을 받아가며 어머니에 대한 이야기를 잠시 하셨다. 어머니가 오랜 외국 생활을 하다가 한국에 돌아온 지 얼마 안 되어 혼자 적적하시다고. 그래서 심심풀이 겸 중고 재봉틀을 사 드렸는데 마침 나의 자투리 천 글을 보셨다는 거다.

달달달. 재봉틀 뒤의 노인을 상상했다. 무료한 시간을 나의 자투리 천으로 어떻게 채우고 계실까. 쿠션과 베개와 갑 티슈가 천 조각으로 덮이고 조각들이 모여 가방과 옷과 마스크가 되는 모습. 그나저나 간혹 섞여있는 안드로메다급 패턴들을 보고 어떤 표정을 지으실지 궁금했다. 에고. 20대의 발랄함이었습니다. 재밌는 걸 만들어 보고 싶어서 모아둔 천 조각들이 안타깝게도 상자 속에서 잠만 자고 있었다. 부디 다음 주인에게서 그 무엇이 되었으면 좋겠다.

'가서 잘 지내렴.'

나눔을 할 때마다 물건의 안녕을 빌게 된다. 내 방에서

있을 때처럼 구석에 처박혀 있지 말고, 자꾸 꺼내져 손때도
타고 윤이 반질반질 나는 물건이 되길 바란다.

성덕

옷과 물건은 온·오프라인으로 부지런히 처분했지만, 마지막 남은 과제는 책이었다. 세상에서 책 정리가 제일 어렵다. 이번엔 정말 큰맘 먹고 책을 모두 빼서 분류했다. 꼭 갖고 있어야 할 책만 제외하고 나머지는 모두 처분할 것이다. ISBN(국제 표준 도서 번호. 책 뒤에 바코드와 같이 있는 일련번호)이 있는 건 우선 한쪽에 모아뒀다. 중고 책방에서 받아주는지 확인하고 가져가면 되니까 비교적 정리가 간단하다. 문제는 ISBN이 없는 책들이다. 한 번 버리면 다시 구하기 어려운 아트 북과 독립출판물, 각종 인쇄물 들을 어떻게 해야 할지 고민에 빠졌다.

　　학부 시절 보던 디자인과 미술에 관련한 전공 서적에서부터 소중히 모아 둔 디자인·일러스트 관련 잡지들, 전화 요청으로 어렵게 구한 도예 자료집, 비매품의 프로젝트 북과 해외에 갔을 때 무겁게 낑낑대며 사 왔던 아트 북과 그래픽 노블 등등…. 정리를 하다 말고 책을 하나하나 넘겨보며 추억에 잠겼다. 이렇게 좋은 책들이 내 방에서 먼지만 쌓이고 있었구나. 마음이 약해지기 전에 다시 정신을 차리고 책을 하나씩 사진으로 찍어 SNS에 올렸다. 그리고 책을 갖고 싶은 분이 있으면 댓글로 알려달라고 했다. 누군가 책을 더 소중히 보아주면 좋을 듯해서.

　　역시나 나눔 하는 글은 올리자마자 반응이 좋다. 무료 나눔만큼 익사이팅한 것도 없지. 이쯤 되면 나눔을 즐기고 있다고 해도 과언이 아니다. 근데 어라? 예상치 못한 상황이 벌어졌다. 평소에 선망하던 작가님께서 책을 받고 싶다는 댓글을 남기신 거다. 세상에나. 팬 카페에 올린 글에 최애가 댓글을 달아준 사람의 심정을 이제 이해할 수 있다. 티는 내지 못했지만 배송지를 물어보며 대화를 하는 동안 내적으론

'꺅, 꺅' 기쁨의 소리를 질렀다.

　주변 지인들을 비롯해서 워크숍을 들었을 때 강의했던 선생님, 예전에 같이 알바를 했었던 언니, 어느 모임에서 스치고 SNS 주소만 교환했던 분 등등 책들은 딱 맞는 주인을 찾아 떠나갔다. 시원섭섭한 마음이 들었지만 비어있는 책장을 보니 숨통이 트였다. 가끔 물건을 정리하고 나서 나중에 '버리지 말걸.' 하는 순간이 찾아오기도 한다. 그런데 정리를 하지 않았으면 어디에 뭐가 있는지 몰랐을 거다. 이번에도 책을 정리하지 않았으면 피카소 도예집에 있던 부엉이 물주전자를 보지 못했을 수도 있다. '너무 귀여워. 이건 남겨둬야 하지 않을까.' 나중에 이 자료가 필요하면 어쩌지 싶었지만 핸드폰으로 사진을 찍어두고 과감히 보내주기로 했다. 이런 식으로 지나간 것에 대한 미련을 정리하는 방법을 터득하고 있다.

　"딩동." 며칠 뒤 택배가 도착했다. 물건을 주문한 적이 없는데. 보낸 이의 이름을 보고 깜짝 놀랐다. 지난번에 나를 놀라게 한 작가님이 한 번 더 나를 놀라게 한 거다. 이게 무슨 일이지. 두근거리며 지관통을 열어보니 그림 포스터가 들어

있었다. 무려 작가님의 사인까지 되어있는! 세상에나. 최애로부터 사인 CD를 깜짝 택배로 받아본 사람이 있다면 나를 이해할 것이다. 성덕의 기분. 세상이 이렇게만 돌아간다면 매일 무료 나눔을 하고 싶다.

무료할땐 무료나눔

  켜켜이 쌓여있는 물건 더미를 풀어 헤치니 잊고 있던 물건들이 나온다. 영화나 소설에서 보물을 찾아 떠나 산전수전을 다 겪지만, 결국 집에 돌아와서야 보물을 발견하는 주인공들은 분명 정리에는 소질이 없었던 게 분명하다. 아끼는 물건들은 서랍 깊숙이 넣어두고 덜 좋아하는 순으로 빨리 닳아 없어지길 바라며 쓰는 건 대체 무슨 심리인지. 서랍 구석에 고이 모셔둔 노트와 문구 들을 당장 꺼내 사용하기로 했다. 내 취향으로 가득한 물건들로 책상을 다시 채우니 기분이 이상했다. '내 방 예쁘네.' 먼 곳의 꿈이 사실 가까이에 있었다.

책상 위에 올라가지 못한 물건들은 중고로 팔았다. 혹시
나 해서 갖고 있었는데 역시나 안 쓰는 건 아까워도 어서 보
내주기로 했다. 작품 촬영용으로 샀던 DSLR 카메라는 1년에
한 번 쓸까 말까 해서 온라인 중고 마켓으로 팔았다. 사가는
분께서 저렴한 가격에 판매해서 감사하다며 빵을 줬다. 어라
또 빵이네, 하며 싱글벙글했지만 한편으론 가격을 좀 더 세
게 불렀어야 했나, 간사한 마음이 들었다. 그러다 그분의 선
한 눈동자가 떠올라 그만두었다. 어차피 내가 갖고 있으면 쓰
지도 않아서 카메라의 가치는 0원에 가깝다. 그런데 생활비
도 벌고 먹을 것까지 얻지 않았는가. 이참에 앞으론 물건마다
'보관 기간'을 정하리라고 생각했다. 기간이 지난 물건들은
과감히 비워야지. 버릴 물건들을 고르면서 결단력이 생기고
자신감도 붙는다. 점점 단단한 사람이 되어가는 느낌이다.

집에 돌아와 카메라 가방이 놓였던 빈자리를 바라보며
룰루랄라 빵을 먹었다. 어디 또 처리할 물건들이 없나 방을
스캔하면서. 정리와 관련한 책을 보면 깔끔한 방에 항상 햇
실이 가득하다. 물건을 비우고 빛으로 채운 방. 어쩌면 내 방

도 책에서 본 말끔한 방들처럼 될 수 있지 않을까. 여백이 많은 방에 꼭 필요한 짐만 가지런히 있는 모습을 상상해 봤다. 카메라가 떠난 자리에 해그림자가 아름답게 드리운 모습을 한참 동안 바라봤다.

어쩌면

나의 발자국은

        때가 찾아왔다. 눈여겨보던 텀블러가 세일을 시작한 것이다. 그동안 물을 담아 다녔던 유리병은 깨질까 봐 걱정이었는데 새 텀블러를 살 기회다. 이왕이면 플라스틱을 사용하지 않은 걸 갖고 싶어 뚜껑부터 스테인리스 재질로 된 걸 어렵게 찾았다. 가격 때문에 고민하고 있었는데 할인을 하니 '아, 어쩔 수 없군.' 하며 결제 버튼을 클릭해 버렸다. 그리고 지르는 김에 텀블러를 세척할 천연 솔까지 구매했다.

그러고 보니 이 구성 어디서 많이 봤는데. 미니멀리즘이나 제로 웨이스트를 실천하는 사람들의 공간엔 공통적인 아이템들이 있다. 바로 대나무 칫솔, 천연 솔, 천연 수세미, 삼베로 만든 물건, 유리 밀폐용기, 소창 수건 등이다. 화려하고 인공적인 색의 플라스틱 대신 나무, 유리, 철 등 자연에서 온 소재들이 많은데, 그런 건 자꾸 봐도 질리지 않는 담담한 아름다움이 있다. 물론 그 모습을 닮고 싶은 마음이 컸겠지만, 그래도 물건을 비우자면서 새로운 물건을 욕망하며 인터넷 쇼핑몰을 들락날락하는 나의 모습을 보니 아직 먼 듯하다. 여태까지 열심히 비웠으니 새 물건을 사도 되지 않을까, 하는 생각이 자꾸 든다.

하지만 때를 기다려 다음에 새로운 물건이 필요할 때 신중히 하나씩 구입하자고 마음을 고쳐먹는다. 게다가 텀블러와 솔을 사고 나서 '탄소발자국'이란 걸 뒤늦게 깨달았으니 말이다. 내가 산 클린켄틴 텀블러는 미국에서, 레데커 천연솔은 독일에서 왔다. 쓰레기를 줄이면 되는 줄 알았더니 내가 밟을 탄소의 길이를 미처 고려를 못 한 거다. 스테인리스 텀블러를 사용해서 생수를 안 사 마시면 플라스틱 소비가 줄어드니 탄소발자국이 줄어들지만, 텀블러가 먼 곳에서 내가 사는 곳까지 여러 운송수단을 이용해 왔다면 발자국은 다시 늘어난다.

탄소발자국은 우리가 직간접적으로 발생시키는 온실가스의 총량을 의미한다. 예를 들어 우리가 물건을 하나 사면 그 물건이 어떻게 생산되고 얼마나 이동했는지에 따라 탄소발자국의 거리가 정해진다. 내가 가까운 슈퍼에 가서 과일을 사 왔다고 해서 탄소발자국이 짧은 건 아니라는 뜻이다. 어디서 생산되어 어떻게 운반되는지 알아야 발자국의 길이를 알 수 있다.

온실가스 때문에 지구의 온도가 높아지고 있다. 오늘 덥고 내일 춥고 하는 날씨야 원래 이랬다저랬다 변하는 가벼운 구석이 있지만, 기후가 변하면 지구 전체가 혼돈에 빠진다. 기후변화로 홍수, 가뭄, 폭설, 폭염, 화재 등 예측하지 못한 자연재해들이 전 세계적으로 발생하고 있다. 그러니 가장 주요한 원인인 '탄소'의 발자국을 짧게 만들수록 좋다. 지난 100년 동안 1도가 높아졌고, 앞으로 0.5도에서 1도만 더 높아져도 인류와 생명체들이 살아가기에 적합한 온도를 벗어난다고 한다. 그 말은 앞으로 내가 할머니가 되었을 때(어쩌면 그보다 빠르게) 새로운 기후에 적응하지 못하면 죽을 수도 있다는 뜻이다. 지금도 여름에 폭염으로 사망하는 인구는 상당하지 않나. 나이가 많을수록, 소득이 적을수록, 오래된 질병이 있을수록 더더욱 그러하다고 하니 기후변화는 내 노후와 직결된 문제가 아닐 수가 없다.

아무튼 배송된 텀블러와 솔을 보며 기쁨도 잠시, 혹시 내 미래의 안녕을 지금 미리 당겨 써버린 건 아닌지 마음이 불편해졌다. 그런데 플라스틱이 사용되지 않은 텀블러와 솔을 사용하고 싶은데, 주변에서 클린켄틴 같은 텀블러와 레데커 같은 솔을 찾을 수 없다면 어떻게 해야 하는 걸까? 환경을 고려하다 보면 종종 딜레마에 빠진다. 이럴 때 어디다 물어봐야 하는 지 알 수도 없어 답답하다. 이왕 이렇게 된 김에 이 텀블러가 나의 마지막 텀블러라는 생각으로 10년, 아니 평생 아껴서 잘 쓰자고 다짐했다.

비록 이후에도 여러 소비를 하며 탄소배출에 일조했지만 적어도 자부할 수 있는 건, 그때 텀블러를 사고 나서 생수 사는 일도 끊었다는 거다. 7년이 지난 지금도 텀블러는 잘 사용하고 있다.

모르겠네

🙂 영향력 없는 뉴 히어로

《노 임팩트 맨》이라는 책을 추천받았다. 쓰레기를 줄이려고 애쓰는 모습을 보더니 친구가 알려준 책이다. 저자인 콜린 베번이 가족들과 함께 지구에 아무런 영향을 주지 않는 무해한 사람이 되기 위해 1년 동안 고군분투하는 이야기를 기록했다. TV를 없애고, 쇼핑을 멈추고, 농산물 직거래 장터를 이용하고, 자동차 대신 자전거를, 엘리베이터 대신 계단을 이용하며 마지막엔 전기마저 없이 생활한다. 자본주의와 소비의 상징인 미국, 그것도 가장 번화한 도시인 뉴욕에 살면서 지언인 같은 삶을 산디는 게 놀라웠다. 도시의 길을 걷다 보면 차와 기계의 소음들, 그리고 소비를 부추기고 자극적인 광고들로 꽉 차 있다. 필요하지 않아도 사야 할 것 같고, 무언가를 소유해도 잠시 뒤엔 또 다른 물건을 쫓고 있는 자신을 발견한다. 같은 이름의 다큐멘터리도 있어 찾아봤다. 글로 읽던 걸 영상으로 보니 지구에 아무런 영향을 끼치지 않고 사는 게 얼마나 어려운 일인지 생생히 확인할 수 있었다. '노 임팩트 맨'을 자처한 일은 그러니까 뷔페에서 단식하겠다고 결심하는 거랑 마찬가지였다.

그동안 내가 생활 전반에 얼마나 많은 에너지를 사용하고 있었던지. 쓰레기 줄이는 일은 정말 작고 작은 일에 불과할지도 모른다. 엘리베이터를 타고 집에 들어오면 습관처럼 TV나 형광등부터 켠다. 딱히 쓰지 않는 전자제품들의 플러그도 멀티탭에 꽂혀있다. 순간순간의 습관들이 지구에 영향을 끼치고 있다. 노트북으로 글을 쓰고 있는 지금조차도. 심지어 냉장고와 세탁기, 두루마리 휴지는 너무나 당연해서 없이 살 수 있다고 생각해 본 적도 없다. 지금 나의 생활 방식은 누구의 생각으로 만들어진 것일까. 문명의 이기를 버리고 예전으로 돌아가야 한다고 말하는 게 아니다. 다만 어떤 방식의 삶이 나와 맞는지 선택할 기회가 없었다는 걸 새삼 깨달

앉을 뿐이다. 당연히 TV를 보고 당연히 냉장고에서 먹을 걸 꺼내 먹고 당연히 엘리베이터를 타고 당연히 휴대폰을 사용하고 있다. 당연한 것들을 없애면 나는 불행해질까?

나는 얼마나 많은 에너지를 쓰고 어떤 임팩트를 지구에 남기는 사람일까 궁금했다. 그러다 '한국 기후 환경 네트워크' 웹사이트(https://www.kcen.kr)에서 '온실가스 1인 1톤 줄이기' 참여 실천 서약을 발견했다. 이 사이트에서 현재 사용하고 있는 나의 온실가스양을 대략 파악할 수 있다. 또 전기, 자원, 교통, 냉난방으로 범주가 나누어져 있는 실천 서약을 체크하다 보면 생활 방식에 따라 몇 kg의 이산화탄소를 줄일 수 있는지 알 수 있다. 냉난방 온도를 적절히 하고 조명을 LED로, 전기밥솥 보온을 되도록 사용하지 않는 등 내가 지킬 수 있는 항목을 모두 체크하니 약 1톤에 가까운 온실가스를 줄일 수 있었다.

이산화탄소 저감량을 숫자로 확인하니 확실히 더 와닿는다. 특히 교통 관련 부문에서 온실가스를 가장 많이 줄일 수 있다는 걸 알았다. 나는 차가 없어 딱히 해당하는 게 많진 않았지만, 자동차를 소유한 사람들은 몇 가지 수칙만 잘 지키면 이미 2톤이 넘는 온실가스를 줄일 수 있을 거다.

영화의 마지막은 1년 프로젝트가 끝나고 집 안의 누전 차단기를 올리며 마무리된다. 전기가 들어옴과 동시에 아내인 미셸의 표정이 밝아졌다. 반면 콜린은 어딘가 아쉬운 표정이었지만. 다큐멘터리 내내 두 사람이 서로의 차이를 조율해 나가는 모습도 재밌었다. 프로젝트가 끝났다고 해서 바로 예전의 생활 습관으로 돌아가는 것이 아니라 계속 지킬 것과 아닐 것에 대해 대화했다. 앞으로도 차 대신 자전거를 타고, 농산물 직거래 장터도 계속 이용할 것이지만, 벌레가 들끓는 퇴비함은 아파트 내에선 더는 유지하지 못할 듯 보인다. 살아가면서 완전히 탄소배출을 하지 않고 살 순 없겠지만 가능한 범위 내에서 차근차근 나아가는 것이 중요하다는 걸 알았다.

'노 임팩트 맨' 프로젝트는 어떤 이들에겐 너무 극단적이라며 반감을 사기도 했고, 누군가에겐 영감을 주기도 했다. 분명한 건 이 프로젝트를 본 누구에게나 강렬한 '임팩트'를 남겼다는 거다. 지구는 앞으로 기후위기와 코로나 19와 같은 전염병으로 점점 더 혼란스러워질지도 모른다. 지금 이 시대엔 혼자 엄청난 영향력을 가진 슈퍼맨이나 배트맨 같은 히어로보다 다수의 '노 임팩트 맨'이 필요하지 않을까 싶다.

멋진 망토나 슈퍼카는 없어도 따릉따릉 자전거 벨을 울리는, 느리지만 꾸준히 나아가는 새로운 히어로들이 몹시 필요한 때이다.

오늘은 샴푸를 했다

오늘은 샴푸를 했다. 오늘'은'이라고 말한 건 어제는 안 했기 때문이다. 그제도 엊그제도 마찬가지. 나는 샴푸를 쓰지 않는 '노푸'다. 노푸란 노 샴푸(No Shampoo)의 줄임말로 정확히 짚고 넘어가자면 샴푸를 안 쓴다는 말이지 머리를 감지 않는다는 뜻은 아니다. 오히려 노푸를 시작하고 머리를 더 열심히 감았으면 감았지. '이 사람 좀 더러운 게 아니냐.'며 상대방이 몸을 슬쩍 옆으로 비키거나 내 정수리를 무심결에 빤히 쳐다보는 상황을 만들고 싶지 않아서 어디 가서 노푸라는 말을 쉽게 꺼내지 못하겠다. 유별난 사람

취급받고 싶지도 않고 노푸로 주목받을 생각 또한 전혀 없기 때문이다.

　내가 노푸를 시작한 2015년도쯤만 해도 노푸가 유행이었다. 기네스 펠트로, 제시카 심슨, 아델, 조니 뎁 같은 톱스타부터 영국의 해리 왕자까지 실천한다고 해서 SNS에서 화제였다(이들이 아직도 실천하는지는 모르겠다). 항상 파격적인 생활 방식은 왜 할리우드로부터 시작되는 건지 모르겠지만 이러나저러나 이들의 행동은 전 세계에 영향을 준다. 당시 샴푸의 유해성 논란이 있었는데, 샴푸를 만들 때 들어가는 소듐라우릴설페이트, 소듐라우레스설페이트 같은 이름도 어려운 합성 계면활성제가 발암물질이라는 거였다. 석유에서 추출한 화학물질인 이 물질들은 제대로 씻어내지 않으면 피부를 통해 독한 성분들이 몸으로 바로 들어온다나. 그래서 한때 샴푸에 '설페이트' 성분이 없다는 스티커가 많이 붙어 있었다.

　하루라도 샴푸를 안 하면 머리가 엉겨 붙고 엉망이 되는데 어떻게 감지 않고 참을 수 있지. 그런데 노푸를 하면 처음엔 머리칼이 엉겨 붙을 순 있어도 차츰 두피의 피지 분비가 조절 능력이 회복되어 다시 머리카락이 가지런해진다고 했다. 오히려 샴푸의 강력한 세정력으로 피지를 모두 씻어내고 나면 피지가 더 많아지게 되는데, 그러면 머리카락도 힘이 없어지고 잘 빠지게 된다고 한다. 피부의 때를 과도하게 벗기면 각질이 더 많이 생긴다는 것과 마찬가지일까. 그러고 보니 성인이 되고 때를 거의 밀지 않았구나, 잊고 있던 사실을 떠올리며 페이스북에 올라온 노푸 인증 사진을 봤다. 처음엔 덕지덕지 뭉치던 머리칼이 몇 개월 뒤에 점차 건강하고 자연스러운 머릿결로 바뀌는 걸 보니 신기했다. 나도 한 번 도전해 볼까 하는 호기심이 생겼다. 항상 저녁만 되면 축축 처지고 앞머리가 쉽게 기름지며 머리를 감을 때마다 머리카락이 한 움큼씩 빠져 고민이었다. 게다가 샴푸를 쓰지 않으면 환경에도 좋다고 하니 이래저래 좋은 게 아닌가. 당시 바깥 활동도 많지 않을 시기라 한번 시도해 보기로 했다. 집에서 뒹굴뒹굴하는 처지였지만 마음은 할리우드 배우처럼.

노푸 초기에는 머리를 그 어느 때보다 열심히 감았다. 샴푸와 계면활성제에 익숙한 내 두피와 머리칼은 처음에 씻어도 영 개운하지 않고 눅진한 느낌이 들었다. 그래서 샴푸의 세정력을 대신해 내 팔과 손을 더 힘차게 움직였다. 머리를 감고 나면 팔이 뻐근할 정도였다. (나중에 안 사실이지만, 미지근한 물로 두피를 부드럽게 마사지하듯 대충 감아야 한다고 한다. 박박 긁으면 두피에 무리를 준다고.) 그런데 노푸를 시작한 지 얼마 되지 않아 신기하게도 두피에 자주 생겼던 뾰루지가 사라지고, 저녁이면 앞머리가 축 처져 얼굴을 초라하게 덮던 현상이 사라졌다. 어라 뭐지? 뭐가 이렇게 쉽게 변하지? 초반부터 변화를 느끼자 여태까지 당연히 사용했던 샴푸에 배신감이 들었다. 목 뒤가 항상 간질간질 가렵고 등에 여드름도 잘 생겼었는데 그러고 보니 그런 증상도 사라졌다.

한편에선 노푸가 노폐물과 각질 관리가 제대로 되지 않아 의심스럽다는 의견도 있다. 각자의 환경과 피부 상태, 생활습관에 따라 머리의 상태가 다르고 전문가의 입장도 서로 달라서 무엇이 정답인진 잘 모르겠지만, 어쨌든 내 경우엔 노푸가 잘 맞았다. 어릴 적에는 머리 묶을 때 한 손으로 잘 잡히지 않는다는 말을 들을 정도로 머리카락이 굵고 숱도 많았다. 그런데 스무 살 이후론 미용실에서 머리카락이 얇다는 이야기를 매번 들었다. 불규칙해진 수면 패턴과 불균형한 식사 때문일까. 노푸를 하고 몇 년 지나니 신기하게도 차츰 다시 머리카락이 굵고 튼튼해졌다. 얼마 전 미용실에서 이렇게 건강한 머리카락은 요즘 보기 힘들다며 칭찬을 받았다. '노푸로 버틴 보람이 있구나' 싶어 매우 기뻤다.

머리카락의 기본값에 대해 다시 생각했다. 내 머리칼도 바람이 불면 찰랑찰랑 넘어가지만 만져보면 샴푸, 린스한 감촉과 미묘하게 다르다. 뭐랄까, 동물 털을 만질 때의 느낌과 조금 비슷하달까. 때론 환경에 따라 달라지는 피부처럼 시시때때로 바뀌는 머리카락 상태를 확인하며 어쩌면 이게 원래 인류의 머리털의 상태이지 않을까 하며 자연스럽게 여기기로 했다.

한동안은 스스로 머리카락을 만지며 의심스러울 때가 있어서 미용실에 가면 비밀을 숨긴 사람처럼 앉아있었다. "저 노푸해요."라는 말을 하지 않으면 주변 사람들은 전혀 눈치 못 챌 정도로 겉으론 전혀 티가 나지 않았지만 전문가들은 작은 차이라도 쉽게 발견할 테니. 샴푸의 과정이 필수인 미용실에서 노푸라는 말을 차마 꺼내지 못하고 미용실에 가면 군말 없이 샴푸를 받는다. 가끔 머릿결이 특이하다는 이야기를 들으면 괜히 잘못한 사람처럼 쭈뼛거렸다. "요즘 천연 샴푸를 써서 그런가 봐요, 오늘 미세먼지가 심해서, 머리를 어젯밤에 감았더니" 등등의 말로 둘러대기도 한다. 다른 말이 안 떠오를 땐 "아, 그래요?" 하고 땀 흘리는 표정으로 앉아있거나.

　　머리를 손질 받기 전에 이런 일련의 과정들이 불편해 이번엔 미용실에 가기 전에 세정제를 사용해 머리를 감아보기로 했다. 애벌빨래 같은 과정이랄까. 얼마 전에 선물로 받은 제로 웨이스트 키트에 샴푸바가 있어서 사용해 보고 싶기도 했다. 고체 샴푸는 액체 샴푸에 비해 방부제나 화학성분이 덜 들어가 비교적 안심하고 쓸 수 있다. 그런데 갑자기 안 쓰던 샴푸를 쓰니 머리가 굉장히 빳빳해졌다. 당황하지 않고 구연산을 물에 조금 풀어 헹구니 다행히 머릿결이 금세 살랑거린다. 이럴 때마다 과학 실험을 하는 느낌이 든다. 머리를 감는 느낌이 나쁘진 않군, 하면서 구부렸던 허리를 펴니 에구구, 하는 소리가 절로 나온다. 나는 그냥 편하게 노푸나 해야지. 머리를 탈탈 털었다.

오해하지 마세요

향이 없는 화장실

물건을 비우면서 가장 자신이 생긴 부분은 화장실 수납장이다. 노푸를 하면서 샴푸, 린스, 때때로 트리트먼트 같은 헤어와 관련된 제품이 없어져 욕실은 큰 변화를 겪었다. 몇 가지 제품만 사라져도 화장실이 깔끔해졌다. 물때나 곰팡이 필 염려가 줄어들었고 화장실에 들어갈 때마다 단정해진 곳을 보면 흐뭇했다. 그동안 욕실은 늘 소란스러운 곳이었다. 향기가 난다면 플로럴 무늬, 한방 성분이 들어간 건 오리엔탈 문양, 한 방에 세균과 곰팡이를 싹싹 제거하는 제품엔 강렬한 색과 폰트. 각각의 패키지들은 모두

자기 말만 하느라 조화롭지 못하고 시각적으로 매우 시끄러웠다.

　　이제는 다용도로 쓰는 멀티 비누 하나와 빨랫비누 하나만 있으면 충분하다. 청소 용품도 천연 세제 삼총사인 베이킹소다, 구연산, 과탄산소다로 해결한다. 칫솔도 대나무 재질로 바꿨더니 뭔가 근사한 느낌이 들었다. 덜어내고 나니 마음뿐만 아니라 피부도 좋아진 기분이다. 피부가 땅기거나 불편한 느낌이 줄어들었다. 필요한 세면도구 용품이 줄어드니 여행을 갈 때도 편하다. 작은 파우치에 로션과 선크림, 클렌징 오일, 칫솔과 치약만 챙기면 끝이다. 부피가 반 이상 줄어든 것 같다. 짐이 단출해질수록 생활의 고수가 되어가는 느낌이다. 수납장의 빈자리에 말린 꽃을 작은 꽃병에 꽂아 뒀더니 장을 열 때마다 기분이 좋아졌다.

　　샴푸하고 씻어내고 린스하고 씻어내고 또 뭐 하고 씻고, 바르고 씻는 과정이 반복되는 샤워였는데 이젠 그냥 물로 씻으면 되니 너무 편하다. 예전처럼 샤워 후에 향기가 폴폴 나진 않지만 오히려 편안한 느낌이다. 샴푸 향을 즐기던 때도 있었으나, 점점 화학제품을 줄여가다 보니 이젠 조금만 인공적인 향을 맡아도 이맛살이 찌푸려진다. 마트에 가도 세제 판매대 근처는 향이 강하고 독해서 저절로 피하게 된다. 길 가다 향이 강한 사람들이 스쳐 지나가면 존재감이 너무 크게 느껴져서 마치 파트리크 쥐스킨트의 소설 《향수》에 나오는 주인공처럼 냄새로 사람의 위치를 파악하는 능력이 내게도 생긴 건가 싶지만, 사실 그동안 강한 자극에 길들여져 무뎌진 감각이 제 위치를 찾은 게 아닐까 싶다.

최근엔 플라스틱 소재로 만들어진 샤워볼을 쓰는 게 찜찜해 바디 브러쉬로 바꿔볼까 고민 중이다. 주위에 물 샤워만 하는 지인들은 이것조차 필요 없다고 해서 '아하!' 싶었다. 제로 웨이스트에선 생활 방식을 전복하는 일이 잦다. 언젠가 클렌징 오일도, 비누도 필요 없을 때가 올지도 모르겠다. 진짜 제로 웨이스트 고수들은 치약도 쓰지 않고, 두루마리 휴지조차 쓰지 않는다던데, 나는 아직 거기까지 가려면 멀었다. 마음 깊은 곳에서 '어떻게 치약과 휴지 없이 살 수 있담.'이라는 말이 들려온다. 누군가는 샴푸를 안 쓰는 나를 무척 기이하게 여기겠지만, 막상 나는 별문제 없이 일상생활을 잘하는 걸 보면 다른 것들도 마찬가지일 수도 있겠다는 생각이 든다. 어쨌든 무리한 시도보단 마음이 허용하는 범위에서 차

근차근 해보려고 한다. 우선은 지금 상태의 고요한 화장실을
즐기기로.

흐뭇

여행의 이유

문득 달력을 보니 휴가를 보내기로 한 날이 다가오고 있었다. 프리랜서로 지내면 시간 관리에 자유로운 줄 알았는데 일정 관리를 하지 않으면 모든 시간이 일에 매인다. 그래서 휴식 또한 일과의 중요한 부분이란 걸 염두에 두어야 한다. 항상 아프고 나서 깨닫는다는 게 흠이지만. 이번엔 좀 다르게 사리라 마음먹고 번아웃을 방지하기 위해 6주에 한 번씩 짧은 휴가를 갖기로 했다.

본가에서 지낼 때라 이번엔 서울에 기서 보고 싶은 선시도 보고 오랜만에 친구와 만나 놀다 오기로 했다. 부모님 댁으로 내려갔던 이유는 사는 곳이 꼭 서울일 필요는 없다는 생각이 들었기 때문이다. 어차피 대부분 시간을 혼자 방에서 작업한다. 버는 족족 월세로 나갈 일도 없고 집안일을 나름 분담해서 하니 생활에 신경 쓰는 시간이 줄었다. 게다가 내가 좋아하는 과일도 매일 먹을 수 있고 냉장고엔 항상 먹을 게 있으니 이곳이 무릉도원이 아닌가 싶었다.

그런데 마냥 편하게 지낼 수 있는 건 아니라는 걸 알았다. 쟤는 왜 취업도 안 하고 저러고 있나, 은근한 눈총을 받기도 했고, 미래에 대한 불안감으로 정수리 언저리가 쿡쿡 쑤시고 가슴이 빨리 뛰는 증상에 가끔 시달리기도 했다. 한의원에 가봤더니 행복 호르몬인 세로토닌이 부족한 듯하다며, 체질에 맞는 고기를 먹으라는 조언을 받았다(내 체질엔 고기와 빵과 커피가 잘 맞는다나). 아마 이 시기가 내 생애 최대 탄소배출 시기였을 거다. KTX를 타고 서울을 왔다 갔다 다니고, 고기를 챙겨 먹고, 게다가 남들 다 가는 해외여행, 나도 가보자싶어 아무 이유 없이 비행기를 타던 때였다. 여행을 가면 눈앞에 보이는 복잡한 것들에서 벗어나 새 것 같은 방에서 다른 일상을 살 수 있어 좋았다.

그런데 방 정리를 하다 보면 공간뿐만이 아니라 마음가짐도 달라지나 보다. 방이 매일 미묘하게 조금씩 달라질수록 어디로 떠나고 싶은 욕구가 점점 사라지는 듯하다. 휴가를 앞두고도 '아, 벌써.'란 생각이 드는 미지근한 태도다.

　　진즉에 물건이 많지 않은 한적한 방이 주는 여유로움을 알고 있었는지도 모른다. 다만 어떻게 공간을 비워야 하는지 몰랐을 뿐.《나는 단순하게 살기로 했다》의 저자 사사키 후미오의 방을 처음 봤을 때, '이렇게까지 깔끔할 수 있다고!' 하며 적잖이 충격을 받았다. 공간이 크지 않아도 방을 널찍하게 사용할 수 있다니. 그동안 항상 방이 좁아서 조금이라도 나은 조건을 찾아 여기저기 이사만 다니던 지난날이 스쳤다. 어쩌면 여행도, 이사도 방 안 가득한 물건 때문이었을까. 물건들 사이에서 견디기 힘들 때마다 어딘가에 있을 이상적인 공간을 쫓아 떠났던 건 아닌지.

　　이번 휴가엔 챙기는 짐이 전보다 단출해졌다. 물건을 비우며 꼭 필요한 것이 무엇인지 분별하는 능력이 생긴 듯하다. 혹시나 하며 갖고 있었던 많은 짐이 삶을 부대끼게 한다는 건 이제는 안다. 만약 내 방이 후미오처럼 정리기 된다면

그땐 방에서 온전한 쉼을 느끼지 않을까. 짐을 비울 때마다
그날을 상상한다.

꒰⸝⸝•ᴗ•⸝⸝꒱ 다시

　　　　　　　발목 인대를 다쳤다. 사건부터 얘기하
면, 무거운 캐리어를 들고 지하철에서 내려 이동하는 중에
엘리베이터를 찾지 못했고, 대안 없이 계단으로 올라가려다
가방 무게를 이기지 못하고 바퀴로 발목을 내리찧은 것이다.
순간 만화처럼 눈앞이 캄캄하고 별이 핑그르르 돌았다. 어쩔
줄 모르고 일단 친구에게 전화를 했다. 나의 구조 요청으로
지하철역까지 마중 온 친구는 자신의 방에 나를 눕혔다. 시
커멓게 멍이 든 발목에 심장이 하나 더 달린 것 같았다. 천장
을 멍하니 바라보며 계단을 오르기 전으로 돌아가고 싶다고

되뇌었다. 친구는 뭐가 들었길래 가방이 이렇게 무겁냐고 했다. 가방이 왜 이렇게 무겁냐는 건 어렸을 때부터 엄마에게 매일 듣던 말이다. 캐리어를 열어보니 가방 사정이 복잡했다. 친구는 가위 두 개와 유리병에 담긴 로션을 발견하고 헛웃음을 지었다. 짐을 급하게 쌌더니 의식의 흐름대로 물건이 담겨 있었다. 지난번 여행에서 가위가 몹시 필요했던 건가. 친구는 뺄 수 있는 물건은 최대한 빼고 짐을 최대한 가볍게 싸라며 작은 통들을 내어줬다. 그리곤 유리병에 있는 로션을 옮겨 담았다. 가위는 꼭 필요한 순간이 생기면 현지에서 사기로 했다.

출국하기 전에 서울에서 볼일을 보고 가려고 며칠 여유를 잡고 올라온 게 어떻게 보면 다행인 일이었다. 비행기를 못 탈 줄 알았는데 주말에 연 병원에서 급한 조치를 받고 하루 이틀 쉬었더니 걸을 만한 것 같았다. 다행히 뼈에는 이상이 없고 인대만 조금 놀란 거라 발목 보호대를 하고 결국 여행을 떠났다. 타국에서 느릿느릿 걸어 다니며 요양인지 여행인지 모를 시간을 보냈다. 별 탈 없이 귀국했지만 여전히 발목이 성치 않아 한동안 치료를 받으러 다녔다. 집에 계속 있으면 좀이 쑤셔서 한 번은 꼭 밖으로 나가야 하는 나였는데 걸음이 불편해 쉽게 다니지 못했다. 한동안 집 안에만 머물면서 방 안의 모든 짐들을 미워했다. 내 발목과 현재를 꺾어버린 원흉. 확 다 버려버리고 싶었다.

　　부모님과의 사소한 다툼이 있을 때마다 다시 독립을 해야겠다고 다짐했지만, 책장까지 사서 거실 한 면을 꽉 채워놓은 나의 물건들을 보면 이사할 엄두가 도무지 나지 않았다. 짐에 볼모로 잡혀있는 꼴이라니. 발목을 다친 나를 측은하게 보는 엄마의 시선을 뒤로하고 속으로 기합을 지르며 몸을 일으켰다. 발을 절뚝이며 물건을 하나씩 꺼내 정리를 시작했다. 수많은 파일과 종이 뭉치 들을 버리니 쓸데없는 걱정으로 가득했던 과거를 청산하는 기분. 추억이 얽힌 물건들도 사진으로 찍고 나서 과감히 버렸다. '언니 힘내!' 하고 서툰 글씨로 쓴 동생의 편지는 차마 버리지 못하고 몇 개 챙겨뒀지만.

　　한번 정리를 시작하니 점점 가속도가 붙어 어느새 책장 여러 칸을 비웠다. 분리배출 할 종이 뭉치를 노끈으로 감으며 집착과 미련도 함께 칭칭 묶었다. 몇 박스를 버리고 나니 홀가분하다. 당연한 걸 느끼기 위해 먼길을 에둘러 왔다는 생각이 들었다.

'서울로 다시 갈까.'

다시 시작할 수 있을 것 같은 기분이 '퐁' 하고 솟아올랐다.

타오르는 나의 초상

3부

도전하는
생활

새로운 칸

그토록 바라던 청년주택의 입주가 확
정되었다. 미리 살펴본 방은 신축하고 비어있던 방이라 그야
말로 하얀 큐브 같았다. "아" 하고 소리 내면 말이 벽을 훑고
되돌아왔다. 새것이라 좋군. 곰팡이 흔적도 없었고 담배에
전 냄새도 없었다. 다만 비어있는 만큼 내가 채워야 한다는
사실만 있을 뿐. 여기는 책상, 저기는 자는 곳…. 눈알을 굴려
상상의 배치도를 그려봤다. 필요한 걸 적다 보니, 어느새 목
록이 길어져서 난감해졌다. 이러다 작은 방이 금세 꽉 차겠
는걸. 블로그에서 유명한 어느 미니멀리스ᵗ 처럼 ㅏ도 케리

어 두 개로 이사 다닐 수 있으면 좋을 텐데.

다행히 세탁기는 공용으로 사용할 수 있어서 패스. 에
어컨은 가을이라 당장 필요 없으니 좀 천천히 고민해 보기
로 했다. 그리고 냉장고. 당시 나는 불면증 때문에 좀 고생을
했는데, 낮엔 전혀 존재감이 없던 냉장고가 밤만 되면 "우웅,
웽, 두다닥, 툭" 하는 각종 희한한 소리를 내면서 잠을 방해했
기 때문이다. 혹시 살아 있는 게 아닐까? 밤이면 냉장고와 단
둘이 있는 방이 더 외롭게 느껴졌다. 누군가 냉장고 없이 산
다는 얘기를 들은 거 같은데, 냉장고가 없으면 어떻게 될까.

아주 드물게 생각보다 행동이 앞서곤 한다. 물품 구매
목록에서 냉장고를 과감히 뺐다. 냉장고 없는 삶이라, 왠지
기대되는걸. 대책은 딱히 없었지만 당연한 일을 하지 않을
때 약간의 쾌감이 생긴다는 걸 알았다. 대신 냉장고를 사지
않고 아낀 돈으로 실버와 화이트 톤의 3인용짜리 전기 압력
밥솥을 질렀다. 붉은 자줏빛과 꽃무늬를 피하려고 했을 뿐
인데 예상 밖의 비싼 밥솥을 산 것이다. 내솥이 스테인리스
라서 친환경이라는데 솔직히 잘 모르겠고 밥솥 외부 색이
맘에 들어 바라볼 때마다 기분이 좋긴 했다. 성능도 나름 좋

아 현미밥도 부드럽게 되고 지금까지도 만족하며 잘 쓰고 있는 물건이다. 미니멀리즘 라이프는 물건의 절대적 개수보다는 자신만의 기준을 갖고 최적의 물건을 고르는 과정에 있나 보다. 그런데 아마 지금 밥솥을 산다면 주물 냄비를 선택할 거 같기도 하고.

입주를 모두 마친 주택엔 관심사도, 하고 싶은 일도 각기 다른 청년들이 모여 살았다. 비슷한 방 크기지만 사람마다 꾸며놓고 사는 방식이 달라 초반엔 이웃끼리 서로의 방을 우르르 구경 다니는 게 정말 재밌었다. 방은 그 사람을 똑 닮아 있는 것 같다. 어떤 방은 북유럽 스타일로 감성이 충만했고, 어떤 방은 미래에서 온 것 같이 새로운 전자 제품들이 화려한 불빛을 냈다. 또 다른 방은 화분이 곳곳에 있어 흡사 작은 식물원을 보는 듯했고, 고양이가 주인 행세를 하는 집사의 방도 있었다.

이웃과의 거리가 좁아지면서 현관문을 곧잘 열어두게 되었다. 전에는 환기가 잘 안 되어도 불안해서 문을 열어두지 못했는데. 이제는 아침에 문을 열어두고 있으면, 옆집 사는 분이 출근을 하며 "안녕하세요." 하고 인사를 건네기도 하고, 점심때나 저녁때 가끔 식사를 같이하자고 부르기도 했디. 나에게도 이웃이란 단어를 사용하는 날이 있다니. 타지에서 느끼는 훈훈함이 낯설고 어색했지만 기분이 썩 괜찮았다.

🙂 냉장고 없는 방

　　　　　방에 냉장고 없이 무려 2년을 넘게 지
냈다. 사실 그렇게 버틸 수 있었던 이유는 아래층 커뮤니티
실에 공용 냉장고가 있었기 때문이다. 처음엔 정말 냉장고
없이 지내려고 강하게 마음먹었으나 비어있는 냉장고 칸을
조금씩 사용하다 보니 의존하게 되었다. 어차피 비어있는 냉
장고인데 나라도 사용해야 하지 않겠나 하면서. 방에 냉장고
가 없으니 고요해서 참 좋았다. 냉장고 안의 음식을 꺼내려
면 계단을 오르내려야 한다는 분주함만 빼면 말이다. 왜 꼭
재료 한두 개씩을 빠뜨리는지. 국을 끓이려면 두서너 번은

오르락내리락 다니며 거친 숨을 내몰아 쉬었다. 국 끓이는 게 이렇게 힘든 일이었나? 계단 운동이 귀찮아 요리를 미루기도 했다.

꼼수를 부려 냉장고에 넣지 않아도 되는 것들을 찾기 시작했다. 식재료의 보관 방법에 대해 찾다 보니 예상 외로 실온에서 보관해야 하는 품목들이 많았다. 특히 과일이 그러했다. 냉장고에 넣으면 뭐든 신선하게 보관할 수 있다는 '냉장고 신화'가 깨지는 순간이었다. 열매채소와 과일 들은 냉장고에 들어가면 감기에 걸린다는 표현을 보고 그동안 나의 무지로 추위에 방치되었던 많은 과일과 채소에 미안한 마음이 들었다. 다양한 방식으로 썩어 돌아가신 분들에게도 사과의 말씀을. 그리고 세로로 길게 자란 채소들은 수직으로 바로 서기 위해 에너지를 쓰기에 세워서 보관해야 한다는 사실을 알았다. 식자재를 다루는 방식에 대한 지식이 너무 부족했던 것이다.

냉장고 없이 지내는 사람들을 찾아봤다. 인터넷에서 '냉장고 없이 살기'를 검색하니 '냉장고로부터 음식을 구하라(save food from the fridge)'라는 프로젝트가 눈에 띄었다. '지식의 선반'이라는 식품 저장 선반을 발견했고, 냉장고 안에서만 보던 식재료들이 나무로 만든 선반에 담겨 주방 한 쪽 벽면에 가지런히 걸려있었다. 인테리어 소품 같기도 하고 정갈한 아름다움이 느껴졌다. 함께 보관하면 서로 오래가는 사과와 감자가 한 선반에 보관되어 있고, 다른 선반엔 뿌리채소가 모래에 꽂혀있었다. 모래는 수분 유지와 채소들이 서로 부딪혀 상처를 내는 것을 방지한다고 했다.

그리고 호박, 가지, 오이와 같은 열매채소도 과일과 비슷하게 실온 보관을 했다. 냉장 보관하면 맛도 영양도 잃어버린다고 한다. 그럼 여태까지 영양가 없는 껍데기만 먹어온 건가 싶어 살짝 억울했다. 정말 신기했던 건 계란의 보관 방식이었다. 계란을 냉장고에 넣어두면 표면의 수많은 작은 구멍이 냄새를 흡수한다고 해서 좋지 않다고 했다. 실온에 계란이 놓여있으니 상하진 않을까 걱정되었는데 선반 가운데 물컵이 있어 신선도를 체크할 수 있었다. 물에 뜨면 상한 계란이라고 한다.

선반의 지혜로움을 보니 나도 식품을 제대로 보관해 보고 싶은 도전 의식이 생겼다. 좁은 방에 선반을 설치하는 건

부담스러우니 우선 빈 화분에 흙을 채우고 채소를 저장해 보기로 했다. 첫 대상은 파였다. 크기가 커서 혼자 먹기 늘 부담스러웠는데 이파리 부분만 요리에 쓰고 나머지 부분을 화분에 심어두었다. 그런데 파를 심고 잠시 후 돌아보니 흰 대의 가운데 부분이 조금 자라 있었다. 응? 뭐가 이렇게 빨라? 마트에서 사 온 식료품에서 생명력을 느끼니 묘한 기분이 들었다. 장바구니 속 고기와 생선과 채소는 모두 죽어 있는 줄 알았는데. 화분에 심어놓은 파를 보며 한동안 파와 작은 방에서 동거하는 느낌이었다. 반려파의 이파리가 쑥쑥 잘 자라는 걸 보니 흐뭇했다. 잘라 먹을 때마다 미안한 마음이 들긴 했지만.

그렇게 하나둘 지혜를 익혀나가는가 싶다가 여름이 되니 위기가 찾아왔다. 특히 싱크대 밑에 넣어둔 쌀에 곰팡이가 폈을 땐 충격을 받았다. 어릴 때 쌀 한 톨에도 농부들의 피와 땀이 들어있다는 말을 밥상머리에서 수없이 들었던 탓인지, 포대에 들어있는 쌀을 모두 버리며 뭔가 잘못되었다는 느낌이 강하게 들었다. 그러고 나서 너무 애쓰지 않기로 했다. 《생태 부엌》의 저자 부부처럼 지하 창고라도 있으면 모를까, 환기가 잘 안 되는 원룸에서 냉장고 없이 산다는 거 쉽지 않은 일이었다.

　　그로부터 한참 후 지금의 집으로 이사를 오며 결국 냉장고를 하나 구입했다. 최소한의 것만 보관하겠다며 작은 사이즈로. 이젠 냉장실엔 페트병에 담긴 쌀이, 냉동실엔 얼음이 있다. 그래도 과일과 채소들은 '감기에 걸리지 않도록' 다용도실 서늘한 구석에 보관해 둔다.

반려파

🫥 옥상 텃밭

　　　　　　겨울의 끝자락 봄을 기다리고 있었다. 봄이 오면 씨를 뿌려야지. 이웃들과 함께 옥상에 상자 텃밭을 가꿔보기로 했다. 봄마다 구별로 상자 텃밭을 지원받을 수 있는 공고가 뜨자 재빨리 신청했다. 선착순이라 금방 마감된다. 서울에서 텃밭을 가꾸고 먹거리를 직접 키우고 싶어 하는 사람들은 의외로 많구나. 시에서 도시 농업을 지원해 주고 있어 저렴한 비용으로 옥상 텃밭을 준비할 수 있었다. 상자와 함께 엄청나게 많은 상추 모종이 도착했다. 상추만 먹을 순 없으니 뭘 심어볼까 하다가 마침 열리는 '농부시장 마르쉐@'의 토종 씨앗 나눔 행사에 갔다.

　토종 씨앗과 재배에 관한 강의를 듣고 씨앗을 골라 갈 수 있었다. 엄지손가락 크기의 작은 봉투엔 작물 이름과 지역, 채종연도, 그리고 채종자의 이름이 적혀있다. 언젠가 이곳에서 토종 씨앗을 가져간 사람들이 작물을 키우고 다시 받아온 씨앗이다. 테이블 위에 주르륵 늘어놓은 많은 씨앗 중에 토마토, 가지, 바질 등 내가 먹고 싶은 작물을 골랐다. 되도록 가까운 지역의 씨앗을 선택해야 기후 조건이 비슷해 잘 자랄 수 있다고 했다. 봉투 속 작은 씨앗들을 보며 '여기서 줄기가 나오고 열매가 맺힌단 말이지.'라고 생각하며 자연의 신비로움을 느꼈다.

　씨앗마다 다르지만, 날씨가 따뜻할수록 발아가 빠르게 진행됐다. 씨앗 껍질을 들고 이파리 두 개가 쏙 하고 올라온 날엔 기지개를 켜는 작은 사람을 만난 기분이었다. 흐아. 안녕. 나는 거인이 되어 눈을 둥그렇게 뜨고 한참을 바라본다. 귀엽고 사랑스럽다. 특히 '조선 대파' 씨에서 실같이 가느다란 줄기가 나왔을 땐 정말 "파하하" 웃고 말았다. 이게 파라고? 이름만 들으면 대쪽 같은 줄기가 쑥 하고 나올 거 같은데 가녀린 풀들이 배시시 나왔다.

가지, 토마토, 고추가 같은 가지과라는 게 첨엔 믿기지 않았지만, 작물을 구분하기 어려울 정도로 똑같이 생긴 싹을 보고 이해했다. 떡잎에서 본잎 네 장 정도가 나오면 다른 특성들이 보인다. 이 시기에 물이 중요한데, 안타깝게도 옥상엔 수도 시설이 없어 직접 물을 길어 물뿌리개로 줘야 했다. 비가 좀 내려주면 좋은데 하필 그해 5월엔 극심한 가뭄이 들었다. 농사를 지으니 날씨에 아주 민감해진다. 비가 오지 않는다는 건 곧 내가 허리가 휘도록 옥상까지 물을 짊어지고 날라야 한다는 뜻이다. 그럴 때면 기우제를 지내는 심정으로 하늘을 올려다보며 두 손을 모으게 된다. '제발 비 좀 내려주세요.'라고.

가뭄의 위기를 넘기고 다행스럽게도 식물들이 뿌리를 내리고 잘 자랐다. 블로그에서 본 지식으로 지지대를 세우고, 곁가지도 잘랐다. 날이 더워질수록 낮에는 올라가기 힘들어서 해 질 녘쯤 옥상에 갔다. 풀도 살피고 노을도 감상하며 하루의 피로를 풀었다. 바쁘게 흘러가는 도시 위로 해는 뉘엿뉘엿 넘어가고 구름은 유유히 흘러갔다. 어쩌다 눈이 일찍 떠진 날엔 부지런히 옥상으로 올라갔다. 그래야 아침에만

피는 호박꽃을 볼 수 있기 때문이다. 노란 꽃 가운데 수술 주변을 날아다니는 꿀벌이 그렇게 귀여울 수 없었다. 미세한 두 손으로 꽃가루를 열심히 모으는 꿀벌을 보면 '얘도 아침부터 이렇게 일하는데…'라는 생각으로 오늘을 시작할 힘을 얻기도 했다.

오뉴월이 되고 잎들이 무성해지자 생각지 못한 방해꾼들이 하나둘 나타났다. 바글바글. 으으으. 이게 뭐야. 어느날 갑자기 진딧물이 생겼다. 어쩔 줄 모르고 보고만 있으니 머리 밑이 가려웠다. 벌레들이 싫어한다는 파를 둘레로 심어두었는데도 진딧물은 아랑곳하지 않았다. 함께 옥상 텃밭을 가꾸는 이웃들을 만나면 '벌레를 어떻게 쫓을 것인가.'가 주 화제였다. 농약이나 화학성분은 쓰고 싶지 않아 각종 정보들을 모아 시도해 봤지만, 어느 것도 썩 효과가 없었다. 텃밭을 돌보다가 벌레 무리를 발견하고 기겁해서 소리를 지르는 일만 되풀이할 뿐.

텃밭에 대한 열정이 급격히 줄어들었다. 싹 틔우는 건 재밌고 벌레는 싫고, 고작 요 정도의 애정이었나 싶어 스스로 실망스러웠다. 짐짐 옥싱에 가는 횟수가 줄고 관리되지 않은 텃밭은 나의 모자란 면을 보는 듯했다. 어느 날 일하다가 지쳐서 터덜터덜 산책 삼아 옥상에 갔는데, 어라? 진딧물들이 다 사라져 있었다. 누가 살충제라도 뿌렸나? 벙벙한 표정으로 쪼그려 앉아 식물들을 자세히 봤다. 빨갛고 동그란 무언가가 보인다. 매끈한 등에 땡땡이 무늬를 가진 무당벌레다. 풀이 있으면 진딧물이 생기고 진딧물이 있으면 무당벌레가 찾아온다. 옥상까지 어떻게 온 건지 자연은 신비롭기만 하다. 그리고 그날부터 나는 다소 이기적인 마음으로 무당벌레를 좋아하기 시작했다.

장마가 찾아오니 상반기 농사가 저절로 마무리 되었다. 휴. 벌써 시간이 이렇게 갔나. 달력을 넘기며 지난 몇 개월 동안 대체 무엇을 했나 씁쓸한 기운이 돌았다. 이런저런 상황에 휩쓸려 다니느라 새해에 계획한 작업을 제대로 진행한 게 없는 것 같기도 하고. 에라, 모르겠다. 밥이나 먹자. 때론 하는 일 없이 밥만 잘 챙겨먹는 내가 얄밉다는 생각이 든다. 주방 조리대를 보니 수확해 놓은 파와 가지, 하나 겨우 건진 단호박이 놓여있다. 파 기름을 내고 가지와 밥을 볶고 단호박으로 된장국으로 끓였다. 자 먹어볼까. 물끄러미 밥상을 바라보니 상반기에 옥상을 오가며 흘린 땀방울이 보였다. 이

거구나. 아무것도 하지 않은 게 아니네. 밥 한 술에 내가 보낸 시간을 고스란히 담았다. 지난 몇 개월의 희로애락이 떠올라 무엇 하나 허투루 씹어 넘길 수 없었다.

나의 가지토마토 덮밥

한 컷에 담긴 나의 상반기

자전거 타고 출퇴근

　　　　　　2016년과 2017년도엔 연남동에 있는
사무실까지 자전거로 출퇴근했다. 불광천과 한강을 따라 자
전거 길이 잘 나 있어 다니기 편했다. 자전거를 타고 다니니
사계절이 잘 읽혔다. 초여름의 산들바람과 가을의 은빛 햇
살을 피부로 온전히 느낄 수 있었다. 한겨울엔 매서운 강바
람을 맞아 꽁꽁 얼어버린 몸은 방바닥에서 두세 시간 지져야
풀렸다. 혹은 미세먼지가 심한 날에 자전거를 타면 다른 날
보다 두 배는 더 피곤해지기도 했다. 그래도 굳이 자전거를
티고 디녔던 건 재밌었기 때문이다.

자전거의 매력에 빠지게 된 건 '십년후 연구소' 덕분이다. 합정동에 있는 단골 카페를 들락날락하며 얼굴을 익힌 사이였는데 어쩌다 보니 함께 일을 하는 사이가 되었다. '2016년 후암동 202 종점마을: 에너지자립 이야기장' 포스터 작업을 부탁받은 게 시작이었던 거 같다. 그때 탄소배출이 없는 현수막을 만들자며 남는 천에 자수를 놓고 그림을 그려 함께 칠을 했던 기억이 난다. 프로젝트 기간 동안 후암동 마을 사랑방에 둘러앉아 에너지 자립과 기후변화에 대한 강의를 들었다. 강의 분위기는 다정했지만, 이야기를 들을수록 마음은 점점 무거워졌다. 파리협정*이 얼마 지나지 않은 때였고, 심각한 기후의 변화와 '1.5도'라는 숫자가 모두를 짓눌렀다. 불편한 진실들로 한숨이 푹푹 나왔다.

　　한편으론 석탄 화력 대신 태양광으로, 경유나 휘발유차 대신 전기차로, 그리고 에너지 자립을 위한 공동체를 만들고 함께 노력할 때 조금씩 나아질 수도 있다는 희망을 발견하기도 했다. 그런데 언제 이사를 할지 모르는 원룸 살이에 태양

. . . .

* '파리기후변화협정(Paris Climate Agreement)'이란 지구온난화를 방지하기 위해 온실가스를 줄이고자 2016년에 체결된 전 지구적 합의안. 지구의 평균 온도 상승을 2도 아래에서 억제하고, 1.5도를 넘지 않도록 노력하는 게 목표이다(참고: https://www.greenpeace.org/korea/update/17235/blog-ce-paris-climate-agreement-a-to-z/).

광을 달기도 애매하고, 누군가와 마을 공동체를 만들기도 쉽지 않았다. 면허증은 장롱에 있고 테슬라 전기 자동차를 살 형편은 더더욱 안 되었다. 걱정만 하기보단 탄소배출을 줄이기 위해 뭐라도 행동해야 마음이 편해질 것 같은데, 무엇을 할 수 있을지 고민되었다. 마침 그때 십년후 연구소에선 한창 자전거 타기 붐이 일었고, 화석연료 사용을 조금이라도 줄이자며 자전거로 출퇴근을 했다. 그렇담 나도 타볼까.

그런 생각을 품고 다니던 중 광화문 광장에서 열린 벼룩시장에 참가한 날, 운명적으로 나의 자전거를 만났다. 버려진 자전거를 수리해서 팔고 있는 곳에서 높이도 적당하고 튼튼해 보이는 걸 발견했다. 자전거 벨과 잠금장치도 함께 구입하고 동네 자전거포에서 앞뒤로 라이트도 달았다. 예상치 못한 지출에 잘한 걸까 하는 의문이 들었지만 첫 달이 지나자 반으로 줄어든 교통비를 보고 깜짝 놀랐다. 덤으로 허벅지도 튼튼해지고. 페달을 힘차게 밟으며 지구를 잘 지킬 수 있을 것 같은 자신감이 차올라 매일 씽씽 타고 다녔다.

자전거 탄 풍경

우리의 한숨

"제가 기후변화의 주범입니다." 처음 보는 사람들 앞에서 고백했다. 때는 6월 5일 '환경의 날' 즈음이었고, 세상에서 기후변화가 가장 걱정인 지인과 지인의 지인들이 한데 모였다. 서로를 잘 알지는 못했지만, 이 자리에 모인 사람들은 모두 지구를 애틋하게 여기고 있었다. 같은 마음이라 생각하니 낯을 무척 가리는 나도 처음 보는 사람들과 자연스럽게 대화를 나눌 수 있었다.

삼삼오오 둘러앉아 그림 그리기 워크숍도 하고 각자 가

져온 음식을 한쪽에 모아 뷔페처럼 나눠 먹었다. 식사 자리에서 어느 분이 "이거 제 오줌으로 키운 채소예요." 하고 말했는데, 자연농이 뭔지 잘 모를 때라 샐러드를 씹다가 쿨럭쿨럭 기침을 했다. 자리가 무르익자 동그랗게 모여 앉아 한 명씩 돌아가며 중앙에 있는 마이크에 앉아 자신의 이야기를 나눴다. 뭐, 나까지 시키겠어. 발표 울렁증이 있는 나는 최대한 숨죽여 구석에 앉아있었다. 그런데 여기는 그런 곳이 아니었나 보다. 더 중요하고 덜 중요한 사람 없이 한 명씩 평등하게 골고루 앞으로 불려 나왔다. 정신을 차려보니 어느새 나도 앞에 앉아 사람들의 이목을 끌고 있었다. 여러 시선에 심장이 쿵쾅대고 목소리가 떨렸다.

글쎄, 무슨 말부터 해야 할까. 머리가 새하얘졌다. 순간 나는 사람들과 기후변화를 얘기하며 내쉬는 한숨에서 벗어나고 싶다는 생각을 했다. 왜 우리끼리 이렇게 한탄을 해야 하나. 누군가 내뱉은 숨은 다시 나의 한숨이 되었고, 내 숨도 누군가의 한숨이 되어 깊고 넓은 웅덩이를 만드는 듯했다. 사람들의 화가 난 모습을 보는 것이 힘들기도 했다. '기후 우울증'이란 말이 있다. 탄소배출을 조금이라도 줄여보려고 이것저것 해보지만, 가끔 '나 혼자 이래서 무슨 의미인가, 우리에게 희망이 있긴 한 걸까.' 하며 의기소침해진다. 달걀로 바위를 치는 듯한 무력감과 나 빼고 아무도 실천하지 않는 것 같은 고립감. 과학자들과 여러 전문가가 숫자로 말하는 지구의 암담한 상황과 인류 멸망의 시간이 바로 코앞으로 다가온 듯한 초조함. 어떤 이들은 이 우울증으로 미래의 희망을 잃고 자살 충동에 휩싸이기까지 한다고 한다.

"기후변화는 제 탓입니다."

마치 고해성사하듯 기후변화의 원인이 나라고 밝혔다. 그리고 그동안 무의식적으로 얼마나 많은 플라스틱을 써왔는지, 플라스틱 프리에 도전하면서 편의점부터 끊게 된 나의 생활 변화를 이야기했다. 이상하게도 마음이 홀가분해졌다. 자백을 하고 나면 이런 기분인 건가. 환경문제는 모두가 연결된 거대한 일이다. 전 인류와 국가 정책, 지구 생명체들을 생각하면 나 따윈 개미만도 못하게 작아진다. 하지만 우선 문제를 나로 좁히고 그 영역 안에서 바라보니 혼자 노력해도 감당할 수 있을 것 같다. 할 수만 있다면 앞에 앉은 친구들이 내쉰 한숨을 거두고 싶은 마음으로 얼굴이 상기된 채 말을 이어갔다.

돌고 돌아

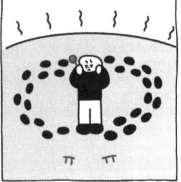

먼지 유령

"보이던 산이 보이지 않고, 보이지 않는 공기가 보인다. 뿌옇고 기분 나쁜 이것의 정체는 무엇일까. 목이 칼칼하다. 사람들의 표정은 어두워지고 실내로 숨는다. 언제까지 이렇게 지내야 할까. 미세먼지가 무엇인지 원인은 명확하지 않고, 예보도 믿을 수 있는 것인지 알 수 없다. 이대로 있으면 모든 것이 먼지 속으로 사라질 것 같다. 불안하고 답답한 마음에 한동안 미세먼지를 조사하고 다녔다. 우리 주변 어딘가에 존재하면서 모습을 드러나지 않고 사람들을 괴롭히는 미세먼지는 꼭 유령 같았다."

《파티클 고스트》라는 드로잉북을 만들며 쓴 작업노트다. '미세한 먼지 유령과의 하루'가 부제인 이 책은 미세먼지를 탐구한 내용으로 그림을 그려 모은 책이다. 2017년엔 미세먼지 농도를 확인하는 일로 아침을 시작했다. 매우 나쁨과 나쁨을 오가는 공기 사이에서 좋아하는 달리기도 맘대로 못하고, 산책하기도 어려웠다. 피부와 호흡기가 예민한 나는 미세먼지가 심한 날이면 모래를 만진 것 같이 손이 버석거리고 목도 칼칼했다. 공기청정기를 살까 했지만 비용이 만만찮고 과연 소비를 통해 문제를 해결해야 하는지도 고민되었다. 미세먼지의 원인은 수많은 공장인데 내가 공기청정기를 사면 공장들을 더 가동시키는 꼴이 될 텐데, 그럼 악순환이지 않나. 뾰족한 수가 없어 그저 방 안에 몇 있는 공기정화 식물에서 위안을 얻을 뿐이었다.

산소 호흡기를 달고 무표정한 모습으로 줄지어 있는 사람들. 어릴 적 과학 상상화에서 본 디스토피아의 미래가 지금일까 생각했다. 갈수록 공기는 더 나빠져 삶의 질이 뚝뚝 떨어지자 방 안의 작은 식물로는 도저히 해결될 것 같지 않았다. 탄소배출이 적고 가성비도 좋은 공기청정기 어디 없을까요. 십년후 연구소 소장님에게 "공기청정기 좀 만들어 주세요." 하고 울상을 지었다. 뭐든 연구하기 좋아하는 소장님의 능력에, 껌 리필 패키지를 업사이클링해서 지갑을 만들어 다니는 감각까지 동원한다면, 간단한 생활 기술로 나 같은 사람도 적당한 공기청정기를 만들 수 있는 방법을 찾을 것 같았기 때문이다.

숫자를 잘 못 외우는 내가 미세먼지와 초미세먼지를 pH 10, pH 2.5로 구분하고 WHO 기준과 한국 기준치를 외우며 오존이나 이산화황과 같은 대기지수를 읽고 조사를 하는 동안, 연구소에 모르는 얼굴들이 들락날락했다. 그리고 몇 개월 뒤, 드디어 공기청정기 워크숍이 열렸다. 공기청정기의 가장 필요한 기능만 남기니 부피도 작아지고 비용도 저렴해졌다. 간단한 조립 방법에 무엇보다 전기 사용량이 적어 탄소배출 걱정도 덜었다. 역시 해낼 줄 알았어. 원통형 헤파필터 위에 팬을 얹고 전원을 꽂았다. 얌전히 잘 돌아간다. 숨 쉬는 게 한결 편해진 기분이다.

매우 나쁨

산이	보이지 않고
공기가	보이는 날

비닐 없는 책

옷을 안 사고 외식을 안 할 순 있어도 멋진 책을 보면 참기 어렵다. 아트북 페어나 독립출판 책방에 가면 어느새 설레는 마음으로 "주세요."라는 말을 하고 있는 내가 있다. 그렇게 모은 책들은 크기와 재질도 제각각이고, 책이라 부르기 모호한 것들도 있어서 인쇄물이라 하는 게 더 정확할 수도 있다. 책의 물성을 좋아하다 보니 그림을 그리면 책으로 엮고 싶다. 편집을 하고 판형과 종이 크기, 인쇄 방식을 정하다 보면 그림 그리는 것보다 시간이 더 소요된다. 하지만 완성된 책을 손안에 움켜쥐는 순간 그동안의 노고는 한순간 사라진다. 이미지를 디지털 중심으로 소비하는 시대지만 나에겐 종이책이 주는 기쁨이 아직 더 크다. 갓 인쇄되어 나온 따끈따끈한 책을 사락사락 넘겨보면 '캬, 이 맛에 책을 만드는 구나.' 싶다.

　　하지만 책을 계속 만들기만 한다면 방이 물류창고가 되고 만다. 그래서 책을 제작하기 전에 사람들이 볼 만한 가치가 있는지, 자원 낭비만 하는 건 아닌지를 곰곰이 생각해야 한다. 머릿속에선 창작 욕구와 환경에 해를 끼치고 싶지 않다는 마음이 팽팽한 토론을 벌인다. 두 가지 다 온전히 만족시킬 수 없다면 나름의 협상이 필요하다. 책을 만들되 제작과 유통에서 최대한 친환경적인 방식을 택하자는 거. '친환경'이라는 단어를 쓸 때마다 어쩐지 궁색한 변명처럼 들리긴 하지만, 어쨌든 노력은 해보기로 한다. 그래서 표지에 코팅을 하지 않고, 판매할 땐 비닐 포장을 하지 않는다. 첨엔 비닐 대신 집에 있던 얇은 습자지로 책을 하나하나 쌌는데, 몇 개월 뒤 책방에 가 보니 모서리가 너덜너덜해져서 흉물스럽게 변해있었다.

　　다른 방법은 없을까. 비닐 포장의 대안을 찾기 위해 방

산시장을 돌아다니고 인터넷을 뒤적거렸다. 종이로 된 책 봉투를 제작할 수도 있었지만, 소량 제작하기도 어렵고 부담스러웠다. 그러다 딱 알맞은 걸 찾았는데 그건 바로 붕어빵과 호떡을 담는 봉투였다. 크기가 다양해 책 사이즈와 근접한 걸 고를 수 있어 좋았다. 붕어빵을 상상하며 봉투에 책을 하나씩 쏙쏙 집어넣으니 다정한 마음이 들기도 했다. 가끔 사람들이 이런 봉투는 어디서 구하냐고 물었다. 그럴 땐 신이 나서 "붕어빵, 호떡 봉투예요!"라고 말한다. 그리고 비닐을 쓰지 않아서 좋다는 말을 들을 때면 나의 노력이 이해받는 듯해서 기분이 좋았다.

종이도 자원이므로 생산과 유통 과정에서 많은 탄소가 배출될 수 있으니, 비닐이 아니라고 해서 마음껏 써도 되는 건 아니다. 한 그루의 나무는 소우주와 같다. 그 안에 다양한 생물들이 작은 생태계를 이루고 또 많은 탄소를 땅속에 품고 있다는 의미이다. 그래서 책의 표지와 내지에도 되도록 재생지를 사용하고, 친환경 종이라 하더라도 탄소발자국을 줄이기 위해 국내지를 쓴다. 아마도 가장 좋은 건 나무를 베고 석유를 사용하는 만큼 내용이 훌륭한 책을 만드는 일이겠지. 책을 만들 때마다 '나무에게 미안한 일을 만들면 안 되는데.'

라고 되뇐다. 지금 이 책도 부디 탄소배출을 하는 만큼의 가치를 가져야 할 텐데(흐흠, 열심히 써봐야지!).

따끈따끈한 책이 왔어요~

땀을 흘리며 일어났다. 샤워를 한차례 한 뒤 창문과 현관문을 활짝 열었다.

　–어, 잘 잤어요?

　–아니요. 죽겠어요.

　빼꼼 열린 문 사이로 옆집에 사는 다혜 님을 보았다. 둘 다 얼굴에 '흑흑'이라 쓰여 있다. 에어컨 없이 지내는 동지와는 서로의 생사 확인이 곧 안부 인사였다. 때는 최고 온도 40도에 육박하는 폭염을 기록한 2018년이었다.

새집에 들일 가전제품 품목의 리스트를 짜는데 에어컨이 가장 비쌌다. 옵션이 있는 방에서 주로 살았기 때문에 에어컨을 내가 직접 사본 적이 없어 가격을 몰랐다. 거액을 쓰는 데 익숙지 않아 살까 말까 고민만 하다가 어느새 무더위가 찾아왔다. 서른 번 넘게 겪은 사계절이지만 항상 봄이면 벚꽃이 새롭고 겨울에 눈이 신기하듯, 한여름 더위도 까맣게 잊고 있다가 '어휴, 왜 이렇게 더운 거야.' 하며 깜짝 놀라곤 한다.

　　에어컨이 꼭 필요할까. 굳이 돈을 들여 탄소배출을 해야 하나. 장바구니와 텀블러를 열심히 써봤자 에어컨을 사면 그게 다 무슨 소용일까 싶었다. 남쪽 지방에서 자라 추위보단 더위에 강하다고 자부하며 어디 한번 견뎌보지 뭐, 하는 만용을 부렸다. 그래도 선풍기는 있으니 괜찮지 않을까. 무더운 날엔 훈훈한 바람이 불었다. 유튜브에서 선풍기 날개 뒤에 아이스 팩을 달면 에어컨처럼 시원한 바람이 분대서 따라 해봤으나, 아이스 팩 표면에서 물이 맺혀 떨어지자 당장 치웠다. 감전되는 것보단 땀 흘리는 게 나을 테니.

　　자려고 누우려다가 더워서 창문을 여니 더 더운 공기가 얼굴을 훅 덮었다. 순간 절망에도 강촉이 있다는 건 알았다.

이러다 정말 죽는 거 아냐? 폭염으로 사망자가 늘었다는 뉴스 헤드라인이 내 방 밑으로 깔리는 듯했다. '저 오늘 커뮤니티실에서 잘게요.' 단체 채팅방에 메시지를 남겼다. 요가 매트와 베개, 얇은 담요를 챙겨 내려갔다. 에어컨 바람을 약하게 틀어 예약 시간을 걸어두고 잠을 청했다. 이제야 숨을 제대로 쉬는 느낌이다. 낯선 방이라 잠을 제대로 못 잔건 매한가지였지만 죽음은 모면했다.

다음 날 일어나자마자 에어컨을 검색했다. 당장 사서 달고 싶었지만 지금 주문하면 9월이 넘어야 설치할 수 있다고 했다. 또 절망. 복도에서 마주친 다혜 님과 가을이 되어 날이 서늘해져도 이번 더위를 잊지 말자고, 꼭 에어컨을 달자고, 서로 굳게 다짐했다.

+ 에어컨을 사기로 해놓고 여전히 탄소배출을 걱정하며 주저하고 있었습니다. 그 모습을 본 지인이 에어컨으로 여름을 잘 버티고 힘을 비축해서 지구를 위해 더 큰일을 하라는 말을 해주었어요. 그 말이 일종의 면죄부가 되어 마음이 많이 가벼워졌습니다. 앞으로 환경을 위해 큰일(?)을 해야 하는 부담이 좀 생겼지만요.

열대야

🗨️ 마이크로 시위

기후위기와 관련한 강의를 듣고 나면 '이 위급상황을 다른 사람들에게도 알려줘야겠어!'라고 강하게 마음먹지만 그게 쉽지 않다. 정치, 경제, 사회 모든 면이 총망라된 문제가 내 뇌를 거치면 아주 단순화되어 버린다. "이야, 이거 기후변화 문제가 심각하더라고! 인류가 곧 멸망할 거 같아!"라는 다급한 마음만 전달하고 나면 상대방은 '아까까지 점심 잘 먹고 왜 이래?' 하는 어리둥절한 표정이다. 환경문제에 관해 앞장서서 말하는 사람들을 보면 대단하기도 하고, 덕분에 내가 사는 곳이 조금씩 나아지는구나 싶어

고마운 마음과 동시에 늘 빚을 지고 있는 기분이 든다. 나도 뭐라도 하고 싶은데. 말을 잘해서 남을 설득할 자신이 없지만 그래도 내가 할 수 있는 게 있지 않을까 골똘해졌다.

그래서 찾은 내 전략은 이러하다. 작전명을 붙여보자면 '시나브로.' 모르는 사이에 천천히 파고드는 게 핵심이다. 이를테면 카페에 갔을 때, 일회용 잔을 거부하기. 머그잔이 없는 곳은 가지 않기(대담한 1인 보이콧). 텀블러를 내밀 땐 다른 사람도 볼 수 있도록 큰 팔 동작으로 직원에게 전달하고, '여기 담아주세요.'라고 뒤에 서있는 사람도 들을 수 있도록 또박또박 말하기. 청과물 가게와 빵집에 갈 때도 비닐에 담지 않아도 된다고 지치지 않고 매번 말하고, 두붓집에 갈 땐 전방 1미터 앞에서 두부를 담을 통을 미리 꺼내어 과시하기. 길에서 나눠주는 물티슈와 가게에서 주는 샘플 거절하기. 쓰레기 없이 산 물건들은 예쁘게 찍어 SNS에 올리기 등등.

일상에서 펼치는 나의 아주 작고 작은 시위, 마이크로한 시위의 현장에서 나름 진지하게 임한다. 나 같은 사람이 있다고 넌지시 알리고 다니면 누군가의 생각이 조금씩 바뀌지 않을까. 영향력이 미미할지라도, 아무것도 하지 않는 것보단 나을 거라 여기며. 오늘은 버스 안에서 물 한 모금 마시며 돌릴 때마다 삑삑 소리를 내는 스테인리스 텀블러 뚜껑을 열심히 돌렸다. 이 소리가 일회용 플라스틱을 쓰지 말자는 나의 외침임을 버스 안 사람들이 은근슬쩍 알아주길 바라며.

작은 시위

4부

바라는

생활

쓰레기 없는 생활...

원하는 삶

"비건은 언제 시작하셨나요? 어떤 계기로 하게 되었나요?"

처음 만나는 사람들에게 종종 받는 질문이다. 그런데 어떤 계기로 비건을 시작했는지 기억이 흐릿하다. 그냥 서서히 육식이 불편해지면서 자연스럽게 시작했다고 말한다. 그런데 그런 사람치곤 비건을 시작한 날은 너무 명확하다. 나는 2018년 7월 1일부터 비건을 하겠다고 주위에 선언했다. 하다가 마음 바뀔지 모르니 우선 딱 100일 동안만.

돌아보면 2018년은 어느 것도 맘대로 되는 게 없는 해였다. 사실 연초엔 그 어느 때보다 그림 작업에 집중하는 시간을 만들자고 다짐했다. 지원 사업이나 프로젝트에 매이지 않으면 개인 작업을 더 할 수 있을 줄 알았다. 서류나 행정적인 절차에 소모되는 시간을 줄일 수 있으니 말이다. 그러나 생계를 위한 아무런 일을 하지 않으니 몇 개월을 버티지 못하고 엄청난 불안이 닥쳤다. 어쩌면 당연한 수순이었다. 그때부터 주위에서 제안하는 일에 "재밌겠네요, 좋아요, 그래요."라며 받아들였다. 그랬더니 어느 순간 N잡러가 되어있더라. 이 또한 당연한 결과인데 늘 지나고 나야 알아차린다. 그림 그리는 일 이외에 다른 일을 하지 않기로 했는데, 정신 차려보니 그림 그리는 일만 빼고 모든 일을 다 하고 있었다. 그 일들이 재미가 없었다면 정리하는 게 쉬웠을 텐데 저마다 매력 있는 일이라 마음이 괴로웠다.

언젠가 꿈꿨던 요가 강사와 단골 카페에서의 알바, 잘해보고 싶었던 편집 디자인 일…. 함께하자고 손 내민 지인들에게 고마우면서도 일의 우선순위를 잃고 적당히 거절하지 못한 내가 원망스러웠다. 스스로 내 선택에 대한 신뢰를 잃어버린 듯했다. 나는 왜 하고 싶은 걸 바로 실천하지 못하고 가장 멀고 어렵게 돌아가는 걸까. 무엇이 두려운 걸까. 주

비워도 허전하지 않습니다

어진 기회에 감사한 마음이 들면서도, 나의 본분인 그림과 멀어지니 속은 점점 지옥처럼 변했다.

그러던 어느 날, 먹고 싶지 않은 음식도 거절을 못 하고 먹고 있는 나를 발견했다. 준 사람의 성의 때문에 열심히 맛있는 척 꾸역꾸역 먹는 내 모습이 안타까웠다. 그러다 무슨 생각이 들었는지 몰라도 돌연 결심했다. '다른 건 몰라도 먹는 거 하나는 내 맘대로 하자.'

그때쯤 나는 음식을 보면 고통 받는 생명들과 각종 사건들이 떠올라 식탁 앞에서 불편함이 점점 커졌다. 고기를 보면 좁은 곳에서 착취당하는 동물들이, 계란을 보면 살충제 파동이, 해산물을 보면 후쿠시마 원전이 떠올랐다. 뉴스나 미디어를 통해 들은 정보들이 연관 검색어처럼 따라붙어, 먹을 것에서 즐거움보단 슬픔을 먼저 봤다.

먹을 것뿐만이 아니라 평소 인간이 동물을 대하는 방식엔 잔인한 구석이 많았다. 그 구석을 유심히 들여다보지 않아 그동안 모르고 깔깔 웃고 지나갔을 순간들을 생각하면 얼굴이 화끈거렸다. 제자리를 빙글빙글 도는 동물원의 코끼리 영상을 보고 있으니 숨이 막혔다. '나 같이도 정신병에 걸렸을 거야.'라고 생각하며.

그런데 울타리만 없을 뿐, 스스로 정해놓은 범위 안에서만 맴도는 존재라는 점에서 저 코끼리와 내가 뭐가 그렇게 다를까 싶었다. 어느 날 갑자기 비건을 외친 건 나의 한계를 허물고 싶었기 때문인지도 모른다. 동물원을 탈출한 동물처럼 누구도 예상치 않았고 나조차도 몰랐던 일이었다. 합리적 이유보다는 직관적인 선택에 가까워 아마 비건을 시작한 계기를 잘 설명하지 못하나 보다.

"계란도, 생선도, 우유도 안 드세요?" 비건을 시작한 계기와 더불어, 사람들은 채식에도 여러 단계가 있는데 왜 가장 힘든 비건 단계를 택했는지 묻는다. 비건이라 하면 마치 고행처럼 느껴지나 보다. 돌이켜 보니 나도 예전엔 채식주의자들을 엄격한 규율로 스스로 괴롭히는 사람처럼 보기도 했었다. '고기든 생선이든 과하지 않게 적당히 먹으면 되는 거 아닌가'라고 생각하며. 몇 년 뒤 내가 비건이 될 줄 꿈에도 모르고 말이다.

아무튼 왜 하필 비건이냐는 질문에 대한 답은 허무하지만 나의 게으름 때문이다. 채식의 여러 단계를 깨우치고 "여기 까진 돼요, 저건 안 돼요." 말하는 게 너무 귀찮았다. 사람들에게 '락토, 오보, 페스코' 등 생소한 외래어를 사용하며 설명하는 것도 성가실 거 같았다. 그래서 그냥 뭐, 편의상 '완전 채식'을 택했다. 고민이 아예 없었던 건 아니다. 해산물은 원래 별로 안 좋아했고, 고기도 서서히 안 먹고 있어서 어렵진 않았다. 다만 우유와 치즈를 무척 좋아했기에 유제품 앞에서 좀 많이 망설였다. 내가 사랑하는 라떼를 끊을 수 있을지 자신할 수 없었다. 그래서 100일만 해보자고 마음먹었다. 이후에 우유를 먹고 싶으면 먹고, 고기를 먹고 싶으면 먹자고 생각하며 가볍게 채식을 시작했다.

삶을 일깨우는 어떤 다큐멘터리나 책이 아닌 나 자신에 대한 갑갑함으로부터 비건을 시작했다는 설명이 다소 비약적으로 느껴질 수도 있을 것 같다. 하지만 나는 아무튼 비거니즘이라는 새로운 도전으로 무기력한 삶에 활력이 생겼다. 내가 원하는 삶의 방식을 드러내고 실천하는 사람이 된다는 건 분명 어떤 의미가 있었다. 새로운 나를 지켜보는 것도 하나의 커다란 즐거움이기도 하고. 처음엔 한정된 시간이었지만, 백 일이 지난 후에도 지금까지 비건으로 지내고 있다. 지금도 나는 언제든 내가 원한다면 비건을 그만둘 수도 있다고 생각한다. 이런 태도가 오히려 비건을 지속할 수 있게 하

는 건가 싶기도 하다. 먹고 싶은 걸 참는 게 아니라 맘 편히
내가 원하는 걸 먹는 것, 이것이 나의 채식 생활의 모토다.

편식하겠습ㄴ다.

🍞 백 일만

　　　　　안녕, 마지막 계란. 점심을 먹으면서 작별 인사를 했다. 네 덕에 내가 단백질을 얻고 살아갈 힘을 얻었구나. 하지만 너를 볼 때마다 날개 한 번 펼 수 없는 좁은 우리에 있는 네 어미가 생각나. 아이스크림아, 너와도 이제 이별이야. 그동안 많이 먹으면 배가 아프진 않을까 걱정만 했지, 소의 젖과 닭의 알을 먹고 있다는 걸 눈치채지 못했구나. 안녕.

　　백 일 동안 비건을 실천하기로 마음먹고 나서 하나둘 이별을 고했다. 하지만 그것도 잠시. 곧 본격적으로 여름이 올

렌데 육수 때문에 냉면도 못 먹을 거라 생각하니 아쉬운 마음이 컸다. 그래서 마지막이라 여기며 냉면을 굳이 사 먹었다. 돌아오는 길엔 초코빵도 샀다. 우유, 계란, 버터가 들어간 빵은 이제 먹지 못하기 때문이다. 못 먹는 것들이 하나둘 늘자 앞으로 무엇을 먹어야 할까 찾아보기 시작했다. 그런데 의외로 채식주의자들이 먹을 수 있는 음식은 많았다. 그렇다면 시점을 바꿔 나를 고기, 생선, 유제품 등을 먹을 수 없는 사람이 아닌 콩, 곡물, 채소, 과일, 견과류 등등을 먹을 수 있는 사람이라 여기기로 했다.

냉장고를 보니 엄마가 보내준 김치는 어떡할까 고민되었다. 그러고 보니 젓갈도 바닷속 생물이잖아. 안 먹고 그냥 버리는 건 마음이 편치 않아서 일주일 정도는 여유를 갖고 천천히 냉장고 속 음식을 비우기로 했다. 그래서 비건을 시작한 첫 주엔 과도기라 여기며 김치로 볶음밥도 해 먹고 전도 구워서 맛있게 먹었다. 좀 가증스럽지만, 나를 위해 집단 희생한 작은 멸치와 새우 들에게 미안함과 고마움을 보내며. 천천히 적응해 가야지. 죄책감도 감당할 수 있을 만큼만.

요가의 계율 중에 '아힘사'라는 게 있다. 비폭력을 의미하는 말로 행동뿐만이 아니라 생각과 말로 인한 폭력을 모두

경계하는 일이다. 그리고 비폭력의 대상은 나 자신도 포함될 수 있다. 시작에 앞서 모든 생물체에 대한 존중과 사랑을 포함하되 나 자신을 지나치게 괴롭히진 말아야겠다고 다짐을 했다.

비건을 시작하고 첫 외식으로 친구와 콩국수를 먹으러 갔다. 반찬으로 나온 김치를 빼고는 다행히 다 먹을 수 있었다. 회의차 들린 카페에선 평소 좋아하던 플랫 화이트를 포기하고 아메리카노를 주문했다. 다른 사람들은 빵도 먹었지만 우유, 버터, 계란이 들어간 것 같아 포기하고 비상용으로 싸간 캐슈너트와 단호박을 먹었다. 어느 날은 이건 먹을 수 있지 않냐며 건네받은 크래커의 성분표시에 소고기가 적혀 있어서 먹지 못하고 돌려주었다.

이때부터 장 볼 때마다 뒷면의 성분표시를 확인하는 습관이 생겼다. 게임 속 미션 수행을 하듯 제한된 조건 속에서 먹을 수 있는 음식을 찾아내는 게 나름 재밌었다. 동시에 닭, 돼지, 소 들과 새우, 굴, 각종 해산물들이 지나치게 쉽게 소비되고 있다는 걸 알았다. 어떻게 다뤄졌는지 알 수도 없이 말리고 갈려 조미료가 되어 감칠맛이란 이름으로 사용되고 있었다. 어느 누가 과자 한 봉을 먹으며 그 과정을 헤아릴까. 나

또한 알지 못한다.

　감사하게도 비건을 시작했다고 말하니 주변인들이 많이 도와줬다. 본인은 비록 비건이 아닐지라도 나와 함께 있을 때는 채식을 함께했다. 많은 비건인이 사회에서 얼마나 소외당하고 공격당하는지 들었다. "식물도 생물인데 먹으면 안 되지 않나요."와 같은 조롱 섞인 질문과 함께. 그런 면에서 나는 정말 운이 좋은 경우다. 때론 여러 사람 사이에서 주목받는 것이 부담스럽기는 했지만, 다들 새로운 생활 방식을 응원하고 지지해 주었다.

　후드득 떨어지는 장맛비 소리를 들으며 후식으로 오미자차에 얼음을 띄워 시원하게 들이켰다. 채식하니 전보다 확실히 속이 편해졌다. 비거니즘이란 틀로 본 세상은 하루하루 새로웠다. 나는 백 일 뒤에 어떻게 바뀔까. 동굴을 뛰쳐나갈까, 새로운 존재가 될까. 앞으로의 날들이 기대된다.

100일

앞선 사람

       살면서 '선배'라는 단어를 익숙하게 써 본 적이 없다. '멘토'라는 말도 있지만, 지원 사업을 하며 형식적으로 몇 번 썼을 뿐이다. 돌아보니 내 삶에 대해 진지하게 조언을 구할 사람이 있었나 싶다. 친구들과 서로 고충을 털어놓으며 동병상련의 마음으로 위로를 주고받긴 하지만, 일이 닥치면 어쩔 수 없이 혼자 부딪혀야 한다. 한참 뒤에야 '이랬어야 했구나.' 하고 깨달으며 가끔 어떤 일에 대해 미리 물어볼 사람이 있으면 좋겠다고 바란다.

노푸를 하면서 뭔가 의심스러운 상태가 되어도 물어볼 곳이 없어, 그냥 '원래 과도기엔 이런 건가?' 하며 버텼다. 2년 정도가 지나면 두피가 완전히 적응을 한다니 그때까지 견뎌보기로 하며. 그런데 인간의 본성이란 원래 이런 건지 목표 지점에 다다를 때 즈음 의심이 커진다. 조금만 있으면 괜찮아질지도 모르는데 2년쯤 되자 포기하고 싶어졌다. 광고에서 나오는 한 올 한 올 흩어지는 머리칼을 보며 지나친 왜곡이라 여기면서도, 길거리에서 머리를 찰랑이며 지나가는 사람을 볼 때면 나도 그냥 샴푸, 린스 하고 편하게 지내고 싶은 이중적인 마음이 생겼다. 뭐 하나 편히 사지 못하고 성분표시를 훑으며 고민하는 내가 정말 피곤하게 사는 거 같기도 하고. 게다가 제로 웨이스트니 플라스틱 프리니 전전긍긍 실천해도 지구 전체에 미치는 영향이 너무 미미하게만 느껴질 때라 모든 것을 놓아버리고 싶었다. "하하하. 우리는 어차피 다 멸망할 건데요."라고 농담 반 진담 반으로 말하면서.

그래도 그만두지 못했던 건 머리카락이 전보다 많이 건강해졌기 때문이다. '이제 머리카락이 적응한 건가?' 물로만 감았는데 가끔 샴푸, 린스 한 듯이 찰랑거렸다. 아쉽게도 항상 그랬던 건 아니고 머리카락은 머리에 돋아난 촉수들처럼 나의 건강 상태와 외부 환경에 따라 왔다 갔다 했다. 기름진 음식과 가공식품을 연달아 먹거나 미세먼지가 최악으로 이어지는 날에는 머리가 뻣뻣하거나 덕지덕지 뭉쳐서 자존감을 떨어뜨리곤 했다. 이러다 보니 날씨처럼 변덕이 심한 머리칼 때문에 상태가 안 좋은 날엔 사람들 앞에서 정수리가 자꾸만 신경 쓰였다.

'확 그냥 샴푸 해버릴까.' 하는 충동이 일 때쯤, 요가 스승님이 친구네 집에서 같이 점심을 먹자고 했다. 내가 좋아할 거라면서. "그래요? 어떤 곳이죠?" 하며 골목 사이로 따라간 곳은 번잡한 신촌에서 두세 골목 벗어나 있는 벽돌로 된 이 층짜리 주택이었다. 입구에 심은 길게 매인 콩 줄기를 따라 위층으로 올라갔다. 문을 여니 방마다 침대가 놓여있는 게스트하우스였다. 아담한 크기의 거실 겸 부엌인 공용 공간에서 게스트하우스의 주인인 유이는 숙소에 있는 외국인들과 한국 음식을 같이 만들고 채식 쿠킹 클래스도 연다고 했다. 현관문을 열자 보라색 소 캐릭터가 눈에 띄었는데 '해피 카우(Happy Cow)'라는 채식 커뮤니티 인증 마크라는 걸 나중에 알았다.

유이가 준비하는 밥상을 기다리며 둘러본 주방엔 신기

한 게 많았다. 책에서만 보던 제로 웨이스트 주방을 실물로 처음 보는 듯했다. 그것도 한국식 버전으로. 뒷마당도 없고 벌크로 살 수 있는 가게도 찾기 힘든 서울에서 제로 웨이스트를 실천하면 어떻게 해야 하나 막연하기만 했다. 가장 인상적이었던 건 수박이었다. 음식물 쓰레기가 많이 나와서 사먹기 꺼려졌던 수박이, 이곳 주방에선 온전히 다 해체되어 배출할 것이 없었다. 수박 껍질은 물론 씨마저도 차로 만들어 놓은 걸 보고 입이 떠억 벌어졌다. 인류 멸망은 유이 덕에 조금 유예되었을 게 분명하다.

그뿐만 아니라 그날의 밥상에 오른 음식들은 하나하나 감탄이었다. 아름답고 정갈한 채소절임과 무반죽 빵. 생전 처음 먹어보는 은은한 단맛의 찌지 않은 옥수수. 낯을 많이 가리는 나지만 오늘만큼은 모든 게 어색하지 않았다. 처음 만난 사람과 몇 번 본 사이처럼 여러 가지 일상 이야기를 했다. 얘기 도중 유이도 노푸를 한다는 걸 알았다. 게다가 나보다 2년 앞선 노푸 4년차 '선배'였다. 노푸를 포기할까 말까 고민하던 차에 유이를 보며 나는 계속해도 된다는 확신을 얻었다. 앞선 사람을 보니 마음이 놓이는구나, 처음으로 선배라는 말을 마음에 담아봤다.

남는 게 없는 밥상

오늘은 수박으로 요리를 해보겠습니다

빨간 건 과일로 먹고
흰 부분은 피클과 무침으로 만들어요

초록 껍질은 말려서 차와 간식으로
먹을 수 있어요

빵으로 만들면
초록빛이 나요.

남는 건 수박 꼭지뿐!

이것도
텃밭에
퇴비로
줄거예요

짠!

🙂 고맙고도 미안한

    프리랜서로 지내다 보니 회식이란 게
딱히 없는 삶이다. 주 3회 정도는 요가 수업을 마치고 요가
스승님과 함께 밥을 먹거나 주말엔 친구들과 함께 달리기하
고 식사를 하는 정도다. 대부분 밥은 혼자 먹고 그것이 나의
'별일 없는' 식사 모습이다. 그래서 '혼밥'이란 말을 의식하거
나 굳이 사용할 필요를 느끼지 못한다. 요즘은 함께하는 식
사 자리에선 말도 하고 밥도 먹으려니 오히려 정신없다는 느
낌이 들 정도다.

더욱이 비건을 시작하고 나서 같이 밥을 먹는 자리가 쉽지 않다. 식당과 메뉴를 정할 때 비건인 나를 고려해야만 했다. 혼자서는 내키는 대로 먹으면 되지만, 함께 있을 때는 그렇지 못하니 미안한 마음이 커졌다. 비건을 하며 가장 어려운 점을 꼽으라면 대인 관계라 할 수 있다. 처음엔 '비건'이라는 나의 새로운 정체성을 들뜬 마음으로 주변에 알렸다. 시간이 지나 깨달은 건 "저 비건이라서요."라는 한마디로 사람들 사이의 관계와 질서가 재정비된다는 거다. 누군가는 나와 너 사이에 선을 긋고 나를 '다른' 혹은 '어려운' 사람으로 분류했을지도. 어디로 뭘 먹으러 가야 할지, 좁은 선택지에서 고민하는 얼굴들을 보며 "저 신경 쓰지 말고 가고 싶은데 가요."라고 말하지만 정말 아무 데나 가도 나는 괜찮은 걸까, 혼자 되물어 보기도 한다. 주목받기는 싫지만 조금의 배려는 받고 싶은 마음. 자발적 소수자의 삶엔 딜레마가 많다. 모두가 비건이 될 수 없겠지만 비건 문화가 널리 퍼지길 바란다. 그렇담 이렇게 고민하지 않아도 될 텐데.

　　때론 혼자 지내는 시간이 많아서 다행이란 생각을 한다. 비건이라 주목받지 않아도 되고 식사 자리에서 난처한 일이 없으니 말이다. 그러다 아주 가끔 여러 사람과 일을 할 때가 있다. 한번은 친구의 요청으로 디자인 작업을 함께한 적이 있다. 한 게임 회사의 사내 프로그램으로 진행되었던 일이었는데, 그 작업이란 독립출판물을 만드는 워크숍에서 참여자들의 콘텐츠를 편집 디자인하는 일이었다. 친구와 공유파일도 주고받고 회의도 하니 작은 디자인 스튜디오를 차린 기분이었다. 책 작업을 끝내고 마무리 행사가 열리는 회사로 초대받았다. 글과 사진으로만 보던 사람들을 실물로 보니 반갑기도 하고 판교에 있는 회사는 이렇게 생겼구나 싶어 눈이 휘둥그레졌다. 서로의 발표와 소감을 나누고 행사가 끝날 때쯤 뒤풀이 얘기가 돌았다.

치맥 얘기가 들리는가 싶더니 "함께 가요."라는 말과 함께 디자이너로 참여한 우리까지 자연스레 뒤풀이에 가는 분위기가 되었다. '앗, 치킨이라니 어쩌지.' 하며 당황했으나, '감자튀김 정돈 있겠지.'라 생각하며 치킨보다는 맥주에 전력을 기울여야겠다는 나름의 전략을 세웠다.

그러나 막상 도착한 곳은 타이 레스토랑이었다. 내가 비건인 걸 알고 있었던 프로그램 담당자가 회식 장소를 슬쩍 바꿨나 보다. 친구와 프로그램의 진행자를 제외한 나머지 분들은 그날 처음 뵙는 분들이었고, 프로젝트에 중요한 인물도 아닌 나를 이렇게까지 신경 쓰다니 미안하고 고마운 마음에

몸 둘 바를 몰랐다. 스무 명 남짓한 인원수가 긴 테이블에 꽉 채워 앉은 걸 보고 이런 회식 자리가 얼마만이지 싶었다. 황송한 마음에 메뉴판을 펼쳤다. 그러나 화려한 음식들 사이에서 곧바로 난감해졌다. 동남아 음식에는 채소도 많고 비건의 선택지가 많을 줄 알았는데, 대부분 요리에는 고기, 해산물이 빠지지 않았다. 흡사 채식처럼 보이는 메뉴도 굴 소스나 피시 소스를 사용해서 비건이 먹을 수 있는 게 하나도 없는 게 아닌가. 민망하지만 주문받는 분과 일대일로 이야기를 나누며 새우와 계란, 굴 소스를 뺀 팟타이로 겨우 합의점을 찾았다. 타이 푸드로 완전 채식을 하는 게 이렇게 어려운 일이었다니.

육류와 해산물이 골고루 들어간 음식들이 긴 테이블을 푸짐하게 채웠다. 딱히 먹고 싶다는 생각이 들진 않았지만 푸팟퐁 커리의 자태가 눈부시다는 건 인정했다. 그에 반해 나의 팟타이는 차림새가 굉장히 밋밋해 보이긴 했다. 음식에 동물성을 빼면 맛이 산뜻해진다. 보기완 다르게 고소하고 상큼함이 가득해 여러 맛이 잘 어우러진 팟타이를 먹으며 만족스러웠다. 그럼에도 서로 이 음식 저 음식 나누며 화기애애한 자리에서 혼자만 자기 요리를 갖고 묵묵히 먹고 있는 네가 무인도처럼 느껴지는 건 어쩔 수 없었다.

　　사회성 좋은 사람들은 처음 보는 나에게 한두 마디 말을 걸어왔다. "언제부터 채식하셨어요?, 뭐까지 안 드세요?, 완전 채식이세요? 힘들진 않으세요?, 전 고기 없인 못 살아요, 이 친구는 저탄수 고단백 식단 중이라 고기 위주로 먹는 데 완전 반대네요." 등등…. 이럴 때 어디까지 얘기를 해야 할까 고민이 된다. 이 자리가 비거니즘을 강의하는 자리도 아니고 긴 설명은 적합하지 않은 듯했다. 맛있는 거 먹는 좋은 자리에서 불편한 진실을 말할 용기가 없다. 이럴 땐 가볍게 서로의 다름을 확인하는 것만으로도 충분한 대화라 여기기로 했다. 단순한 호기심에 의해 던져지는 질문과 관심도 그리 나쁘진 않으니. 주위에 다양한 사람들이 있다는 걸 아는 것만으로도 서로 너그러워지지 않을까 기대해 본다. 비건이 의외로 할 만하다는 나의 말이 그들의 마음 한구석에 남는 것만으로도 좋다.

　　어느 분은 회사 직원 중 비건인 독일인이 있는데 그가 평소 무슨 음식을 먹는지 나에게 얘기해 주었다. 나와 대화를 시도하기 위해 직장 동료를 끌어온 거다. 그렇다면 나도 그런 역할 정도를 맡는 건 기대해 볼 수 있으려나. 오늘 처음 만나는 분들이 다른 자리에서 비건을 만났을 때 "아, 저 비건이랑 같이 회식해봤는데요."라며 대화의 물꼬가 되는 역할. 비록 "혼자 회식 자리에서 이것저것 빼고 밍밍하게 생긴 팟타이를 먹던데요?"라고 덧붙여 설명될 수도 있겠지만.

회식 자리에서 조용히 묻어가고 싶었던 바람과 다르게, 식당 장소를 바꾼 장본인으로서 어쩔 수 없는 관심을 받아 부담스럽긴 했다. 하지만 불편한 질문을 받지 않아 다행이라는 생각이 들었다. 어쩌면 안면부지의 독일인 덕분일지도 모르겠다. 그리고 오늘 같은 자리가 비건과 함께 식사하는 경험을 나누는, 나름 의미 있는 자리였을지도 모른다는 생각도 들었다. 앞으론 논비건들 사이에서 괜히 움츠러들거나 미안해하지 않고 서로 공존하는 방법을 연습하는 거라 여기기로 했다.

처음 맛본

채개장의 맛을 잊을 수 없다.

간편하지 않은

도서관에서 책을 반납하고 오는 길에 출출해졌다. 주로 집에서 적당히 만들어 먹는 편이지만 오늘따라 귀찮기만 했다. 뭘 먹을까 고민하다가 배가 많이 고프지 않아 김밥 한 줄이 딱 맞을 듯했다. 그런데 비건이 된 후로 김밥을 주문하는 게 여간 까다로운 일이 아니다. 채소로만 된 김밥을 파는 곳이 흔치 않아 동물성 재료를 빼달라고 부탁해야 하는데, 집마다 들어가는 재료가 조금씩 달라 얘기하는 게 쉽지 않다. 햄만 빼면 되는 줄 알았더니 계란이 있었고, 어묵까지 성공적으로 빼더라도 맛살이 들어있을 수 있기 때문이다. 게다가 집 근처 김밥집 주인의 시크함을 소문으로 들어 익히 알고 있었기 때문에 김밥집에 갈지 말지 집으로 가는 내내 망설였다. 그 몇 분 동안의 고민이 우수우리 만치 가게 앞에 당도하자 배고픔을 앞세워 일단 들어갔다. 재료가 놓인 선반을 얼른 훑어보고 햄, 계란, 어묵을 빼고 싸줄 수 있냐고 조심스레 여쭤봤다.

　－그럼 뭘 넣고 싸?

　말이 끝나기 무섭게 돌아오는 답변. 세 가지를 빼도 다른 재료들이 많은데. 당근, 시금치, 단무지, 우엉 등 채소가 담긴 통들을 보며 "저것들은 뭐예요."라고 말하고 싶었지만, 나는 멋쩍게 웃으며 죄송하다는 말을 할 수밖에 없었다. 재료를 '더' 넣어달라고 한 것도 아닌데 덜 넣으면 좋은 거 아닌가, 억울한 마음이 살짝 들었다. 혹시 여기만의 김밥 황금 비율이 있는데 내가 재료를 이래라저래라 하는 실례를 한 건가. 김밥 한 줄 앞에서 한없이 작아지고 있었다.

　－하하…, 부탁드릴게요.

　그제야 아주머니께서 김밥을 싸기 시작하신다. 휴, 다행이다. 그러나 한시름 놓자마자 이어진 또 다른 질문.

　－어디 아파?

　나를 걱정하시는 건가, 추궁하시는 건가. 긴가민가한 질문에 다시 땀을 삐질 흘리며 "예? 하하, 아니요…"라는 어색한 답변만 하고 말았다. 어디서부터 얘기를 해야 할지, 비건이니 뭐니 이야기를 잘못 시작했다간 한없이 꼬일 것 같았다. 김밥을 마는 동안 뒤에 멀뚱히 서서 '하, 역시 어렵구나.'라는 말을 속으로 되뇌었다.

 어렵사리 받아온 김밥을 집에서 펼쳐보니 재료를 뺐다는 표현이 무색할 만큼 오동통했다. 역시 츤데레 타입이셨던 건가. 김밥을 우걱우걱 씹으며 한가득 씹히는 채소에 무척 만족스러웠다. 하지만 다음에 다시 갈 엄두는 나진 않는다. 출출함을 달래려다 아픈 사람 취급을 받은 이후로 김밥이 당길 땐 그냥 집에서 만들어 먹기로 했다. 김에 밥 깔고 집에 있는 재료 아무거나 척척 넣고 말아먹으면 그게 뭐 김밥이지. 자취 생활의 짬밥을 믿고, 넣고 싶은 재료를 사다가 길게 잘라 손질했다. 이제 말기만 하면 김밥인데 갑자기 꼭 말아야 할까 하는 의문이 들었다. '간단'할수록 '좋은' 레시피라는 게 평소 나의 요리 지론인데, 입에 들어가면 곧 해체될 재료들을 무엇을 위해 말고 다시 썰어야 하는가 싶었다. '역시 간편한 게 최고지.' 그래서 적당히 싸 먹기로 결론낸 후 준비한 재료를 펼쳐두고 김에 싸 먹었다. 김밥이 아니라 '김쌈'이라 불러야 하나.

그때쯤 생활협동조합에서 파는 지주식 김에 빠져 있었는데 밥상에 꼭 김을 올리곤 했다. 비건 인생에 김의 시대가 열린 듯 밥은 물론이고 모든 반찬에 괜히 김 한 장을 더 둘러 먹었다. 또 장식처럼 모든 요리 위에 김가루를 올리기도 했다. 채식을 하면 비타민 B12가 부족하기 쉽다면서 영양제를 챙겨먹는 사람들도 있던데, 난 따로 챙기는 거 없이 건강히 잘 지내는 거 보면 해조류에 많다고 하는 비타민 B12를 김으로 충족한 것이 아닐까 싶다.

어느 밥상 모임에서 한 분이 내 앞으로 김밥을 슥 내밀었다. 비건이 먹을 수 있는 김밥이라고 했다. 유부가 가득 들어간 통통한 김밥을 입안 가득 넣고 정말 맛있다며 김밥 솜씨를 칭찬했다. 그랬더니 "내가 싼 거 아니에요. 사온 거예요."라며 손사래를 쳤다. 아니 비건 김밥을 파는 곳이 있다고? 김밥 주문하는 일이 얼마나 복잡한 줄 알기에 으레 집에서 싼 김밥인 줄 알았다. 김밥집의 정보까지 얻어 나중에 찾아간 그곳은 몇 미터 앞에서도 '비건 김밥'이라는 글씨를 한눈에 알아 볼 수 있었다.

–유부 김밥, 비건으로 한 줄 주세요.

땀을 삐질 흘렸던 주문이 한마디로 끝났다. 이렇게 간편한 거였다니. 살면서 김밥을 주문하며 감격스러움을 느낄 줄은 몰랐다.

보물 같은 곳

내가

안녕하세요

마음 좋고

비건 김밥으로...

주문할 수 있는 곳이

유부랑 장아찌 주세요

많았으면 좋겠다

아! 그리고—

여기 통에 담아주세요!

꒰ᵔᵕᵔ꒱ 마음과 식탁

비건을 시작한 지 2주년이 되었을 때 기념으로 특별한 일을 하고 싶었다. 사실 비건 1주년을 맞았을 때 뭔가하고 싶었는데 얼렁뚱땅 시기를 놓쳐버렸다. 아쉬운 마음이 남아 올해는 뭐라도 해봐야지 싶어 우선 인스타그램 계정을 새로 하나 만들었다. 이름을 뭐로 할까 고민하다가 예전 블로그의 제목에서 따왔다. 비건을 시작하며 만든 블로그였는데 며칠 기록하다 말았다. 이번엔 작심삼일로 그치지 않으리라 다짐하면서 비건 생활을 그림으로 기록하는 '마음과 식탁' 계정을 오픈했다.

식탁의 풍경을 보면 내가 무얼 먹고 사는지 어떤 마음으로 지내는지 보인다. 나를 돌보고 어여삐 여길 땐 식탁에 채소와 과일 들이 등장한다. 반면 일에 치이고 바쁠 땐 빵이나 가공식품이 그 자리를 채운다. 스트레스 해소를 한답시고 군것질을 하다 보면 쓰레기도 금세 생겨 가뜩이나 복잡했던 공간이 더 엉망이 된다. 이렇게 식탁의 풍경은 고스란히 마음을 반영한다. 마음이 놓인 식탁, 식탁 위의 마음. 먹고 사는 이야기를 담은 '마음과 식탁'은 나를 돌보기 위해 만든 걸지도 모른다.

그리고 비건으로 보낸 2년의 시간에 대한 작은 의무감도 있었다. 별 어려움 없이 맛있게 먹고 즐겁게 지낸 시간 동안 혼자만 이렇게 잘 지내는 게 무슨 의미일까 가끔 생각했다. 비건에 관심은 있으나 망설이고 있는 사람들에게 생각보다 어렵지 않다는 말을 나누고 싶었다. '클로짓 비건(Closet Vegan)'이란 말이 있다. 비건이라 알리지 않고 혼자서만 조용히 비건을 하는 사람들을 마치 벽장 안에 웅크리고 있는 것으로 비유한 말이다. 나도 한동안 이러했을 거다. 괜히 비건이라고 커밍아웃했다가 까탈스럽다거나 사회성이 부족한 사람으로 찍히거나 혹은 너만 윤리적이고 올바른 거냐는 비아냥을 듣고 싶진 않았다. 좋은 마음으로 시작한 일인데 상처만 받고 소외감만 증폭될까 두려웠다. 스스로 완벽하지 않다는 것도 알고 있기에 정확한 근거로 상대방에게 설명하거나 설득할 자신이 없다면 입 다물고 있는 게 나을 거라 생각했다. 다른 사람들에게 나의 생활 방식을 드러내는 건 시간과 용기가 필요한 일이다.

한편으론 비건을 하며 알게 된 새로운 세계를 신이 나서 마구 떠들고 싶기도 했다. '왜 이제 알았지' 하는 채소의 맛과 의외로 간단하면서 맛있는 레시피를 혼자만 알고 있기엔 아까웠다. 처음에 겪었던 시행착오들과 '웃픈' 에피소드를 모아봐야겠다는 생각을 흘려보내기만 했다. 만화라는 장르에 도전하며 과연 잘할 수 있을지 걱정되었지만, 지금 이 시기를 그냥 지나가기엔 아쉬운 마음이 컸다. '에라, 모르겠다.' 어설픈 그림을 몇 장 그린 어느 날, 나의 비거니즘 2주년을 자축하는 마음으로 '마음과 식탁' 이야기를 시작했다.

마음과 식탁

카페의 조건

집에서 도무지 집중이 안 되는 날이 있다. 그럴 땐 백 팩에 노트북과 마우스, 필기도구와 노트를 주섬주섬 챙겨 넣는다(물론 텀블러와 손수건, 장바구니도).

'오늘은 어느 카페로 갈까.'

오늘 치의 일을 제대로 하려면 신중하게 장소를 선택해야 한다. 작업 테이블 크기가 넉넉하고 흔들거리지 않는지, 콘센트는 어디에 있으며 의자는 오래 앉아있기 편한지, 또 화장실은 깨끗하고 오래 있어도 카페 눈치를 보지 않아도 되는지 등 최적의 장소를 찾는 거 생각보다 쉽지 않다.

게다가 플라스틱 없는 생활을 위해 카페에서 이것저것 살펴볼 게 더 많아졌다. 물을 담은 텀블러와 별개로 카페에 머그잔이 없을 경우를 대비해 빈 텀블러를 하나 더 챙길 때도 있다. 가뜩이나 무거운 가방이 더 묵직해진 걸 확인하며 나도 참 피곤하게 산다는 생각이 스치지만, 몸이 불편한 것보다 마음이 불편하지 않는 쪽을 택한다. 그럼에도 일회용 잔에 음료를 받는 날이 있다. 처음 방문한 곳에서 음료가 어디에 담겨서 나오는지 물어보는 걸 깜빡해서 그렇다. 플라스틱 뚜껑까지 덮여 있는 음료를 내려다보며 '아, 오늘은 실패다.' 하는 패배감이 든다. 그리곤 카페 주인의 친절함과 상관없이 '여기는 나와 맞지 않는 곳이군.'이란 결론을 내린다. 반대로 빨대를 빼달라는 요청에 당황해하지 않고 긴 숟가락까지 대신 꽂아주는 곳에선 주인과 뭔가 통했다는 기분이 든다. 다음에 또 오고 싶어진다.

나는 커피를 무척 좋아하지만, 카페인에 취약해서 안타깝게도 오후엔 커피를 마시지 못한다. 디카페인 커피라도 있으면 좋겠지만 찾기 어려워서 차선책으로 차를 마신다. 그러나 허브 차나 과일 차가 없는 곳도 있어 메뉴판을 보고 발길을 돌릴 때가 있다. 이러니 아무리 힙하고 예쁜 카페가 새로 생겨도 위의 조건들이 맞지 않으면 갈 수 없다. 때론 내가 오후든 저녁이든 (심지어 밤이든) 아메리카노를 마실 수 있는 사람이었으면 하곤 바란다. 그러면 어디든 다닐 수 있을 텐데.

이 동네엔 나를 위한 카페는 없는 걸까. 카페 유랑 생활에 심드렁해질 때쯤, 우연히 새로 생긴 카페에 갔다가 속으로 쾌재를 불렀다. 디카페인 커피도 있고 두유와 오트밀 우유도 있다니! 이름이 다소 긴 '따뜻한 디카페인 두유 라떼'를 주문하고 자리에 돌아와 앉았다. 캬. 의자까지 편안하다. 두유라서 잘 안 그려진다며 하트가 살짝 흔들리고만 라떼아트를 보며 얼마나 설렜는지 모른다. 부드러운 거품에 쌉싸름한 커피가 한 모금 넘어온다. 이게 얼마 만에 느끼는 라떼의 맛인지. 완벽하다는 소리가 절로 나왔다.

때론 누군가는 "하나하나 따지면서 어떻게 살아."라고 말을 한다. 나는 어쩌다 이것저것 다 따지는 사람이 된 걸까. 플라스틱을 볼 때마다, 동물성 식품들을 볼 때마다 불편한 진실이 함께 떠오르는 걸 막을 순 없다. 거슬리는 생각들을 지우기 위해선 이런저런 실천을 할 수밖에 없다. 이건 이타심이 아니라 인류의 멸종을 보고 싶지 않은 한낱 인간의 두려움일지도 모른다. 하지만 마음이 불편함을 덜기 위한 그

노력이 가끔 참 녹록지 않다. 사회구조라는 거대한 강의 흐름을 혼자 거스르며 올라가는 느낌. 내가 힘을 조금이라도 풀면 너무나 쉽게 큰 물살을 따라 떠내려 가리란 걸 안다.

2018년 쓰레기 대란과 함께 카페 문화가 순식간에 바뀐 적이 있었다. 왕구량 감독이 만든 《플라스틱 차이나》라는 다큐멘터리 속엔 전 세계로부터 모인 플라스틱 쓰레기 더미와 그 안에서 먹고 자고 노는 아이들의 모습이 담겨 있다. 중국 정부는 상영을 금지했으나 영상은 널리 퍼져나갔고, 결국 중국은 폐플라스틱 수입 금지 조치를 내렸다. 그리고 놀랍게도 이 여파로 우리나라가 비상에 걸렸다. 중국에 쓰레기를 팔지 못해서 스스로 처리해야만 했기 때문이다. 세계에서 1인당 플라스틱 쓰레기 배출량이 최상위권인 한국. 좁은 땅덩이에도 쓰레기 처리를 어떻게 하고 있나 했더니, 쓰레기 대란이 터지자 얼마나 대책이 없었는지 알았다. 예전보다 대한민국이 참 편리하고 살기 좋아지지 않았냐며 취해있을 게 아니라, 우리가 행복을 얻는 동안 다른 누군가는 더 불행해지지 않았는지 살펴야겠다는 생각이 들었다. 지구 자원은 한정되어 있으니 오늘 나의 편의는 다른 존재의 무엇을 착취한 것일 수도 있음을. 그것이 내 의도가 아니라 할지라도 말이다.

아무튼 그제야 환경부는 부랴부랴 카페에서 사용하는 일회용 플라스틱을 규제하기 시작했다. 매장 내에서 일회용 플라스틱 컵을 사용할 수 없고, 이 영향 때문인지 빨대를 사용하는 문화도 바뀌었다. 어느 프랜차이즈 카페에 갔다가 종이 빨대가 꽂혀있는 걸 보고 얼마나 반가웠는지 모른다. 사회의 흐름과 나의 결이 맞아떨어졌을 때, 생활하는 게 이토록 수월하다니. 그런데 동시에 이상한 기분이 들었다. 뭘까, 이 김새는 기분은. 큰 적과 맞서기 위해 완전무장 하고 전쟁터에 들어섰지만, 전쟁이 금방 끝나버린 듯한 느낌. '이렇게 쉽게 바뀔 수 있는 거였다니.' 허탈감이 들었다. 확실히 체감한 건 환경문제는 개개인의 실천도 중요하지만 그보다 사회구조가 바뀌면 훨씬 빠르게 해결할 수 있다는 거였다. 그래서 환경단체들이 시위와 퍼포먼스를 하고 국회에 청원을 넣고 그런 거구나. 우리를 대신해 외치고 있는 사람들에게 항상 미안하고 고마운 마음이 든다.

카페의 조건

카페인에 약한

디카페인
커피가 없네

어서오세요

MENU

CAFE

비건이

준비 되시면
말씀하세요~

단건 싫은데

MENU

두유나 오트밀 우유로
변경되나?

쓰레기 없이

루이보스티,
머그잔에 주세요

네~

편하게 작업할 수 있는 곳

커피 향 좋다

용기 있는 생활

　　　　　　　　"안 주셔도 괜찮아요, 필요 없어요, 빼 주세요." 쓰레기를 줄이기 위해선 거절하는 연습이 필수다. 주는 것을 받지 않는 일은 때론 오해를 불러일으켜서, 매번 계산할 때마다 자연스러운 타이밍을 찾고자 긴장한다. 스무스하게 넘어갈 때도 있지만, 상대방이 한 번에 못 알아듣거나 당황할 경우, 땀을 삐질삐질 흘리면서 멋쩍게 웃는다. 속으로 '하하. 제발 플라스틱 주지 마세요.'라고 되뇌면서. 그래서 첨엔 어쩔 수 없이 비닐봉지로 담아 들고 오는 경우도 있었다.

과일과 채소를 사러 청과물 가게에 종종 들른다. 청과물 가게엔 포장이 안 된 것들이 많아 장바구니만 잘 챙겨 다니면 쓰레기 없이 장을 볼 확률이 높다. 또 제철 과일과 채소를 저렴한 가격에 살 수도 있어서 좋다. 그러나 정신 차리지 않으면 노련한 가게 주인들의 손동작에 사려던 것들이 어느새 비닐에 담겨있다. 쓰레기 없이 장보는 걸 몇 번 실패하고 나니 계산하기 직전, 가게 주인의 손보다 빠르게 "비닐봉지 필요 없어요!"라고 말하는 스킬이 생겼다. 찰나의 순간에 정확한 딕션으로 속사포처럼 전달해야 한다. 지나치게 말에 힘이 들어가거나 강한 어조로 말하면 가게 주인의 기분이 상할 수 있으니 자연스럽고 부드럽게 치고 들어가는 게 포인트다. 그러면 "어, 네, 그래요." 하고 비닐봉지로 향하던 손이 멈춘다.

빵집은 이보다 난이도가 높은데, 베이커리에선 빵이 이미 비닐에 싸여 있는 경우가 많기 때문이다. 기름지고 토핑이 올라간 빵일수록 더더욱 그러하다. 그래서 빵집에 들어가기 전부터 유리창 너머로 진열된 빵을 우선 훑는다. 포장이 안 된 빵이 있는지, 혹은 식사 빵 종류가 있는지. 비건을 시작한 후로 우유, 버터, 계란을 먹지 않으니 대개 바게트, 호밀빵, 캄파뉴 같은 빵 위주로 산다. 보통 오전이나 낮에 가면 갓 구워낸 빵이 진열대에 그냥 놓인 경우가 많아서, 식은 빵들을 포장해 두는 저녁 시간보다 포장 없이 살 확률이 높다. 삼베나 소창 주머니를 비상용으로 가방에 넣고 다니는데 갑자기 빵을 먹고 싶을 때 쓰기에 딱 좋다.

　주의할 점은 "여기에 담아가도 될까요?" 물었을 때, 잘못 이해하고 빵을 비닐에 담아 주머니에 넣을 수도 있다는 거다. "비닐 말고 주머니에 바로 담아주세요."라고 구체적으로 얘기해야 한다. 빵을 바로 천 주머니에 담는 게 생소한지 또 다시 "빵이 주머니에 묻을 텐데요?" 하고 물어오는 경우가 있다. 그럴 땐 빵이 묻어도 괜찮다며 주인을 재차 안심시켜야 한다. 포장 없이 사기 위해 이렇게 신신당부를 해야 하나. 때론 거절해야 하는 게 피곤하게 느껴질 때도 있다. 그러나 감정은 순간이지만 플라스틱은 영원히 간다는 생각에 다시 힘을 내본다. 게다가 집에 돌아와 주머니에 담겨있는 빵을 보면 소담한 정취가 있어 수고로움을 감당할 만하다고 여긴다. 그래도 요즘엔 "빼주세요.", "필요 없어요."와 같은 말을 반복해서 말하다 보니 전보다 자연스럽게 거절을 할 수 있다. 용기도 습관이 되면 익숙해지나 보다.
　다행인 건 여태까지 만난 가게 주인 분들이 비닐 없이

장 보는 것에 대해 긍정적으로 보아주셨다는 거다. 다른 친구들은 가끔 주인이 싫은 티를 내거나 화를 내는 경우도 있다고 했다. 가끔 "아유, 알뜰하네."라던가 "환경을 생각하나 보네요." 같은 말을 듣기도 한다. 나쁜 말도 싫지만 솔직히 좋은 말도 민망하고 부끄러워 아무 말도 안 듣고 그냥 넘어가길 바란다. 그래도 "가방이 참 예쁘네요."라는 말은 썩 듣기 좋았던 것 같은데, 그물 모양으로 짜인 가방의 담박한 멋을 누가 알아주길 바랐나 보다. 그날따라 초록 브로콜리가 담겨있으니 더 예뻐 보였다.

하지만 일과가 끝나고 "잠시만요."라고 말할 힘도 없을 때, 가리고 거절하는 게 버거워 그냥 플라스틱과 비닐로 포장된 걸 산다. 쌓이는 비닐 포장재를 보며 찜찜한 마음도 같이 쌓이고 뭔가에 지는 느낌이 든다. 아무 말 하지 않고도 편하게 쓰레기 없이 장을 볼 순 없을까. 장보는 기본값이 바뀌었으면 좋겠다. 기업과 소비문화가 바뀌고 플라스틱을 사용하지 않는 게 당연한 사회가 되어, 개개인이 이렇게 애쓰는 일이 없어지면 좋겠다고 상상한다. 장바구니와 텀블러를 챙겨 다니고 음식을 주문하면 각자가 가져온 용기에 담아오는 게 너무나 당연한, 일회용품이 없는 동네를 꿈꿔본다. 가게에 들러 필요한 만큼만 사고, 주인이 추천해 준 신선한 재료를 담아오는. 오늘의 안부를 서로 물으며 파는 사람과 사는 사람 사이에 신뢰가 두터운 동네. 하지만 지금은 웃으며 다정하게 거절하는 연습을 계속하는 수밖에.

어느 날, '유어보틀위크'라는 행사를 발견했다. 일회용 컵을 사용하지 않고 테이크아웃 잔 대신 텀블러를 빌려주는 카페로 알고 있었던 '보틀팩토리'(현재는 '보틀라운지'로 이름이 바뀌었다.)에서 홍제천 주변 가게들과 함께 일회용품 없이 보내는 주간을 만들고, 텀블벅 크라우드펀딩도 함께 시작한 거다. 와, 상상을 현실로 만드는 사람들이 있다니. 당장 펀딩 버튼을 눌렀다. 그리고 한참 뒤 집에 작은 꾸러미가 도착했다. 거기엔 '비닐봉지는 안 주셔도 괜찮아요.', '영수증은 필요하지 않습니다.', '빨대는 빼주세요.'라는 글귀가 적힌 스티커 3종 세트가 들어있었다. 카드마다 스티커를 하나씩 붙이고 나니 쓰레기 없는 삶이 레벨업 한 기분이다.

타이밍

청과물 가게에서

뭐 사지...

포장된건 패스

장을 볼땐,

주섬 주섬

가게 주인 손보다 빠르게

비닐봉지를 출비해불까...

외쳐야 한다.

여... 여기 담아갈게요!!!

다른 날
― 9.21 기후위기 비상행동

우리는 음악에 맞춰 건들건들 앞으로 나아갔다. 시위를 구실삼아 자동차들의 점유물이었던 아스팔트 도로 위를 힙합 리듬에 맞춰 걸었다. 힙합이라니. 랩이라니. 지금 생각해도 아찔하지만 무리 지어 모여 있으니 부끄러운 마음 하나 없었다. 엉성한 정박의 리듬 타기는 그날만큼은 내 귀엔 소름 돋을 정도로 감동적이었다. 마치 화음이 딱 맞아 떨어진 아름다운 합창을 들었을 때처럼 소름이 돋고 자꾸 울컥하는 감정이 올라왔다. 나도 나이가 드는 건가. 함께 걷는 청소년들을 보면 미안한 건지 고마운 거지 혹은 당찬 모습에서 희망을 본 건지 너무 심란해서, 얼굴은 웃고 있으면서 눈에는 눈물이 맺힐 것 같았다.

주위를 둘러보니 환경과 비건, 동물권, 농업, 종교 등등와, 정말 다양한 단체와 모임에서 나와 있었다. 어쩌면 우리가 1.5도 상승을 막아낼 수 있지 않을까. 엄청난 탄소배출로 지구 환경을 파괴하고 욕망에 눈이 멀어 불편한 진실을 감추는 게 지금의 인간이 저지르는 짓이다. 하지만 절망스러운 미래 앞에서도 희망을 잃지 않고 무모하게 도전하는 것 또한 인간이다. 미안함과 희망이 범벅된 감정으로 심장이 쿵쾅쿵쾅 요동쳤다.

"기후위기 이제 그만.", "온실가스 이제 그만.", "화력발전 이제 그만.", "공장식 축산 이제 그만."

아. 가슴이 뻥 뚫리는 기분. 쌓여왔던 말을 밖으로 내뱉으니 마음에 막힌 곳 없이 시원해진 기분이다. 그동안 나부터 잘하자며 스스로 다그치기에 바빴다. 타인을 설득할 자신이 없어, 불편하게 만들고 싶지 않아 속으로만 삭혔던 말들. 오늘 속 시원히 말하니 대나무 밭에 가서 임금님 귀의 생김새를 외쳤던 신하의 심정을 알 것 같았다. 지나가는 버스에

서 사람들이 동그란 눈으로 내려다보았다. 그럴수록 이상하게 더 희열이 느껴져 목청을 높였다. 몇 명에게만 주목을 받아도 얼굴이 달아오르는 평상시의 나와 전혀 다른 모습으로 걷고 있었다. 저기 걸어가는 꼬마 아이의 팻말엔 울고 있는 지구 그림과 함께 '지구야 미안해, 지구야 사랑해.'라는 말이 적혀있다. 또 소름.

'국제 기후 파업' 주간에 맞춰 전 세계 곳곳에서도 '기후위기 비상행동'을 함께하고 있다. 오늘은 얼굴 모르는 저 꼬마와 내가 함께 걷고 있고, 지구 어딘가에서 말은 통하지 않아도 우리 같은 사람들이 탄소배출을 걱정하며 걷고 있다. 혼자 견디고 있다고 생각했는데 이렇게 많은 사람들이 뜻을 함께하고 있다니. 감동적이었다. 시위라면 과격한 표정과 몸짓이 떠오르지만 둘러보면 다들 초식동물 같은 선한 외모에 고운 목소리로 랩을 하고 있었다. 그래, 초식동물들이 무리지어 있으면 무시무시하다고! 마음이 끓어올라 우리의 합창으로 정말 탄소배출을 싹 다 없애버릴 것만 같았다.

혜화동에서 시작해 '앞으로, 앞으로' 걷던 행렬은 보신각 즈음 멈추었다. 그리고 어설픈 랩이 일동 멈추더니 정적,

사이렌 소리와 함께 앞에서부터 차례로 사람들이 아스팔트 위로 쓰러지기 시작했다. 지금부터는 기후위기로 인한 인류의 멸종이다. '다이-인(die-in) 퍼포먼스.' 이것이 실제라면 인류뿐 아니라 하필이면 인류가 살던 시대에 같이 지구상에 있었던 동식물도 함께 스러져 가겠지.

나의 임종 체험을 종로에 있는 도로 한복판 아스팔트 위에서 하게 될 줄은 꿈에도 몰랐지만, 천천히 눕는 앞 사람을 따라 눕기 시작했다. 누울 자리를 살피고 다소곳하게 쓰러지며 확실한 발 연기를 보이자 지나가는 사람들과 버스 안 사람들이 휘둥그레 쳐다봤다. 그래서 죽음을 맞이한 나의 소감은 어떠했냐면, 예상 외로 너무 평안했다. 아스팔트는 따스했고 눈앞엔 하늘이 펼쳐졌다. 유유히 흘러가는 구름을 관찰하며 '뭐, 이대로 잠들어도 좋을 거 같은데?'라는 생각이 스쳤다. 도로 위에서 지인과 나란히 누워있으니 갑자기 웃음이 쿡쿡 새어나왔다. 카메라를 들어 평소 찍지도 않는 셀카를 나란히 찍었다. 주위에서도 찰칵찰칵 소리가 들렸다.

한참 뒤 우리는 다시 살아나 머쓱하게 엉덩이를 툭툭 털며 저녁을 먹으러 갔다.

어쩌면 우리가

어떻게 감히

　-왜 금요일이에요?

　기후위기 비상행동이 끝나고 함께 한 식사 자리였다. 거기서 다음 비상행동은 청소년들 중심으로 금요일에 한다는 말이 오갔다. 오늘 시위로 한껏 들떠있던 나는 다음에도 참여해야 한다는 의무감이 들었는지 '왜 하필 금요일일까, 평일이면 사람들이 참석하기 어렵지 않나. 게다가 학생이라면 더더욱.'이란 의문이 강하게 들어 질문을 뱉었다. 그 말이 기후위기 비상행동에 대해 이해가 전혀 없는 다소 바보스러운 질문이었다는 걸 바로 깨달았지만. 마음 넓은 나의 지인은 평온한 표정으로 답해주었다.

　-일부러 금요일에 하는 거야. 결석 시위거든.

　그때 우리는 종로의 무수한 맛집 가운데 베트남 음식점에 있었다. 비건인 나를 배려해 일부러 간 듯했지만, 어찌된 일인지 베트남 음식점엔 비건이 먹을 수 있는 게 하나도 없었다. 심지어 공깃밥조차 따로 주문할 수 없어서 굴 소스를 뺀 모닝글로리 볶음만 주문했다. 채소만 우적우적 씹어 먹으며 '이렇게 에피소드를 하나 만드는구나.'라고 애써 재밌게 생각하려 했지만 나의 꼴이 좀 우습다는 건 인정할 수밖에 없었다. 그런 상황에서 오늘 시위의 의미도 모르고 왜 금요일이냐는 질문까지 하고 나니 쌀국수를 호로록 먹고 있는 사람들 사이에서 괜히 더 머쓱해졌다. 왜곡된 기억일 수 있지만 나의 질문에 테이블에 영점 몇 초 정도 정적이 흘렀던 거 같기도 하고. 아무튼 기후위기 비상행동의 맥락을 현장에서 깨달았다는 게 부끄러웠다.

　'아하, 그렇구나. 일부러 금요일에 하는 거구나.'

　내가 좀 모른다고 해서 비난할 지인들이 아니란 걸 믿고 있지만, 얼굴은 왜 화끈거리지. 세상 돌아가는 사정 모르는 날 불러준 사람들이 고맙기만 했다.

"하우 데얼 유(How dare you)!"

그로부터 며칠 뒤 뉴욕에서 열린 '유엔 기후행동 정상회의' 자리에서 '학교 파업'을 주도한, 그 유명한 그레타 툰베리의 입에서 "어떻게 당신들이 감히!"라는 말이 나온다. 아무리 바빠도 세상이 어떻게 굴러가는지 좀 알아야겠다며, 베트남 음식점에서 집으로 돌아가는 길에 크게 다짐했다. 하지만 사람이 쉽게 바뀌는 게 아니라는 말이 맞는지 나는 저 영상을 한참 지난 후에 보았다. 빠르게 바뀌는 지구 사정과 다르게 기후위기에 대응하는 인간들의 노력은 지지부진해서 툰베리의 말과 눈빛은 여전히 우리를 채찍질한다.

터질 듯한 분노를 겨우 참으며 한마디씩 꾹꾹 눌러 말하는 툰베리의 연설을 듣고 있으면 우리가 지금 무슨 만행을 저지르고 있는지 정신이 번쩍 든다. 아이들과 청소년들은 자신들의 살 권리를 찾기 위해 거리로 나오고 있는데, 일상의 선택 앞에 여전히 우유부단한 내 모습은 부끄럽기 짝이 없었다. 툰베리를 단지 학생, 청소년으로 국한하고 싶지 않다. 스웨덴 의회 앞에서 기후변화에 항의하는 1인 시위에서부터 시작해 전 세계인들을 움직이게 한 그가 존경스럽기만 하다. 개인은 너무나 힘이 없지 않냐며 지레 자신을 과소평가한 것도 반성한다.

　-그래서 언제 인류가 멸망한대요?

　-음, 글쎄 뭐. 갑자기 한순간에 다 같이 멸망하는 것이 아니라 약자들 순으로 사라지지 않을까요.

　어느 날 나누었던 지인과의 대화. 약자들 중 하나가 분명 나일 텐데 마음이 서늘해진다. 무력하게 스러질 건가, 뭐라도 할 것인가. 갈림길에 서있는 기분. 툰베리처럼 갑자기 피켓을 만들어 1인 시위를 해야 하는 걸까, 그게 아니더라도 나다운 방식으로 할 수 있는 일이 있을까. 최선의 방법이 무엇일지 깊은 고민에 빠졌다.

5부

함께하는
생활

🗨️ 쓰레기 진단

　　플라스틱도 주기적으로 다이어트를 해야 하나 보다. 어느 순간 방구석에 모인 플라스틱 쓰레기를 보면 때가 왔음을 안다. '요즘 좀 방심했더니 뱃살이 붙었는데?' 하며 군것질을 줄이거나 식사량을 조절하는 것처럼, 장바구니를 더 열심히 챙기고 포장 없이 물건을 사려고 필사적으로 노력한다. 살이 찌면 건강이 안 좋아지는 걸 느끼고 몸이 갑갑해지듯이, 플라스틱 쓰레기도 불어나면 내가 지구에 해를 끼치고 있음을 느끼고 마음이 갑갑해진다. 적게 먹고 많이 움직이면 배에 붙었던 뱃살은 노력에 따라 사라지지만, 한

번 만든 플라스틱은 내가 어떻게 노력한들 영영 사라지지 않는다. 순간의 편리함을 위해 감당하기에는 너무 큰 대가다.

그러다 매년 7월이 되면 'Plastic Free July(플라스틱 없는 7월)' 챌린지가 열린다는 걸 알았다. 전 세계 수백만 명의 참가자들이 함께하는 캠페인으로 웹사이트에 들어가서 신청하면 되었다. 사실 혼자 플라스틱 쓰레기를 줄이려고 애쓸 때와 실제로 생활에서 크게 달라진 점은 없었음에도, 글로벌한 캠페인과 함께하니 뭔가 엄청난 일을 하는 기분이었다. 챌린지에 본격 참여하는 의미로 SNS에 매일 플라스틱 인증 사진을 올렸다. '#plasticfreejuly' 해시태그를 타고 들어가면 여러 나라 사람들의 실천을 볼 수 있어 현장감이 생겨 좋았다. 얼굴 모르는 사람들과 동료애를 느끼며 그렇게 한 달을 보냈다.

게다가 발생하는 플라스틱 쓰레기를 배출하지 않고 모아봤다. 플라스틱 프리가 목표였지만 예상치 못하게 생기는 플라스틱이 얼마나 되는지 궁금했다. 챌린지가 끝난 후 쓰레기를 모두 쏟아 분류해 봤다. 식료품, 생활용품, 과자 등등 나의 소비 역사가 고스란히 보였다. 가장 많은 부분을 차지

한 건 간식으로 먹고 남은 비닐 쓰레기였다. 일에 지칠 때 '평소에 잘하고 있으니 이 정도는 먹어도 되지 않겠어?'라 생각하며 하나둘 야금야금 사 먹은 군것질 거리들이 이렇게 많을 줄 몰랐다.

'아이쿠. 내가 받는 스트레스만큼 쓰레기가 쌓였구나.'

인바디 검사지의 근육량과 체지방률 숫자가 그동안의 습관을 말하듯, 바닥에 가지런히 놓인 플라스틱 쓰레기에서 자신을 제대로 돌보지 못한 시간들을 발견한 날이었다.

쓰레기 진단

그동안 모은

플라스틱 쓰레기를

다시 보니

간식

생활용품   식재료

내가 받은 스트레스만큼
쌓여 있었다.

군것질을 이렇게
많이 했었나….

올해 봄비는 여름 장맛비처럼 내린다. 저녁에 있었던 회의를 마치니 밖이 어둡고 비는 여전히 주룩주룩 내리고 있었다. 좀 더 큰 우산을 들고 올 걸 그랬나. 집에 가는 사람들과 헤어지고 혼자 방향을 틀었는데, 집에 갈 길이 한없이 멀게 느껴지고 허기가 몰려왔다. '하, 언제 집에 도착해서 밥해 먹는담.' 순간이동이라도 했으면 좋겠다고 생각한 찰나, 환한 불빛이 노란색 가게에서 퍼져 나온다. 앗. 저거다. 가게 앞 배너엔 푸짐하게 속을 가득 채운 부리또가 있다. 홀린 듯 가게에 들어가 주문한다. 음… 베지테리언 부리

또 하나 주세요.

　우산의 물기를 털어 가게 입구에 세워두고 잠시 비를 피
한다. 노랗고 밝은 가게에서 내다본 까만 밤의 빗소리는 시
원하고 맑다.

　-고수 드시나요?

　-아뇨, 잘 못 먹어요.

　비건이란 말을 알아들으셨으니 치즈 같은 건 알아서 빼
고 싸주시겠지 믿어본다. 매번 가게에 가면 이것저것 물어보
고 재차 확인해야 할 때 미안한 마음이 든다. 식당에서 웬만
하면 메뉴를 통일하고 각자 다른 메뉴를 주문하면 미안해하
는 게 우리네 정서지만, 생각해 보면 지나친 배려가 아닐까
하는 생각이 든다. 아직도 손님이 왕이라고 생각하는 갑질
문화도 문제지만, 자신의 기호보다 전체의 분위기에 따라 메
뉴를 통일시켜야 하는 건 어째 좀 이상하다는 생각이 든다.
분명 시키라고 메뉴에 있을 텐데. 아무튼 나는 들어가는 재
료를 따지고 메뉴에 없는 걸 때때로 요구하는 까다롭고 특이
한 손님인지라 일하는 사람이 귀찮아하진 않는지 늘 눈치를
보게 된다.

―여기 있습니다.

　은색 포장지에 싸인 묵직한 부리또가 나왔다(아이 신나). 그리고 비닐봉지에 담아주시려는 찰나에 나는 얼른 천 가방을 들이민다.

　―여기 담아갈게요!

　천 가방을 내밀 타이밍을 점점 자연스레 찾는다. 알겠다고 하시며 잡은 비닐을 내려놓고 부리또를 건네셨는데, 음식이 샐 수도 있으니 조심하라고 했다. 말이 끝나기도 전에 얼른 천 가방 안에 있는 비닐을 꺼내 부리또를 싼다. 이 순간 내가 너무 철저히 준비되어 있는 것 같아 민망해서 "흐흐" 웃고 말았다. 가게 주인이 부끄러운 내 표정을 읽었는지 어색함을 덮고 유쾌하게 말했다.

　―하하, 이런 게 필요하죠.

　그래. 난 유별난 게 아니라 필요한 일을 하는 거지! 주문할 때마다 긴장했던 마음이 스르륵 사라졌다.

방어 전략

불쑥 들어오는

여기 나왔습니다!

비닐봉지

플라스틱 쓰레기를

잠시만요! 여기 담아 갈게요.

천 가방

막기 위한

음식이 샐 수도 있을 텐데요.

방어 전략

그럼 여기에…

재사용 비닐

잘 모르겠어

　　　　　　　　일 년에 두세 번 마라톤 행사에 참여한
다. 내가 마라톤에 나간다고 하면 다들 깜짝 놀라지만, 올림
픽에서 보던 풀코스 42.195km를 말하는 게 아니라 반의반
에 겨우 미치는 10km 코스여서 아빠와 아이가 함께 뛰고, 부
모가 유모차를 끌고 뛰고, 커플들이 달리다가 하하 호호 셀
카도 찍을 수 있는 정도의 거리다. 물론 달린 후 며칠 동안 특
정 부위가 심하게 당기지만. 일 년 중 가장 날이 좋은 봄과 가
을에 주로 행사가 있어 러닝을 즐기는 사람들에겐 가장 반가
운 시기다. 차량을 통제한 도로 위를 많은 사람과 함께 달리

고 있으면 혼자 달릴 때와는 또 다른 느낌으로 감정이 벅차 오르기도 한다.

2013년도부터 꾸준히 달리면서 완주의 영광만큼 메달이 쌓였다. 처음 받았을 땐 '이제 난 뭐든 해낼 수 있을 거 같아!'라는 감동을 받았지만, 이젠 뜯어보지도 않고 넣어두는 메달도 많다. 간식과 음료도 함께 받는데, 달리고 나서 먹는 음식은 뭐든 꿀맛이다. 어떤 행사는 간식도 여러 가지를 선택할 수 있지만 그건 기호에 바탕을 둔 것일 뿐, 채식을 하는 사람들을 고려한 것이 아니어서 아쉬움이 있다. 우유나 계란이 들어가 먹을 수 없는 빵은 친구들에게 주고, 이것저것 빼다 보면 바나나와 물만 남기도 한다.

한 시간 남짓한 거리를 달린 후 숨을 돌리고 나면 이젠 진짜 식사를 하러 행사 장소를 떠난다. 그런데 후들거리는 다리와 함께 돌아서는 행사장의 풍경이 늘 찜찜하다. 즐거운 시간을 보낸 대가로 쓰레기통마다 음료 페트병, 비닐 쓰레기가 산처럼 쌓여있다. 어쩔 수 없는 건가. 여럿이 모이면 왜 일회용품이 오갈 수밖에 없는 건지. 청년주택에 처음 입주할 때 열렸던 네트워크 파티가 떠올랐다. 구청의 주무과님이 쥬

비한 옥수수 전분 그릇과 다회용 컵은 아직도 커뮤니티실에서 잘 사용하고 있다. 주최 측의 몇몇 사람만 환경에 대한 의식이 있어도 조금 달라지지 않을까 생각해 본다. 달리면서 플라스틱 쓰레기를 줍는 '플로깅(plogging)'이 유행이라고 하던데, 쓰레기 없는 행사가 있다면 조금 불편할지라도 의외로 참여자들이 잘 동참하지 않을까. 난 그런 행사가 있다면 참석할 텐데. 답답한 마음에 쓰레기 없는 행사가 있을까 이것저것 검색하다 보니 제로 웨이스트 결혼식을 올리는 사람들도 발견했다. 소신껏 행동하면서도 뜻을 같이하는 사람들이 있다니. 부럽기만 하다.

그러고 보니 올해는 결혼식장에 두 번이나 갔다. 한번은 사촌의 결혼식이었는데 라운드 테이블에 앉아 음식이 코스로 서빙되었다. 메뉴판을 훑어보다가 난감해졌다. 채식이 하나도 없는 것이다. 내가 주인공이 아닌 자리에서 음식에 대해 이것저것 물어보며 눈에 띄고 싶지도 않고 '뭐, 어떻게 되겠지.' 생각하며 잠자코 앉아있었다.

음식이 하나씩 놓일 때마다 먹을 수 있는 것만 먹었더니 샐러드와 곁들인 구운 채소만 사라지고 중앙의 음식은 고스란히 남는 꼴이 됐다. 언젠가 갔던 일본식 선술집에서 시킬 수 있는 메뉴가 하나도 없어 베이컨을 뺀 베이컨 토마토 말이를 주문했던 날을 포함해, 이번이 비건 에피소드 TOP 10 안에 들 법한 날이구나 싶었다. 심지어 오늘의 메인이었던 스테이크는 옆에 나온 아스파라거스만 사라지고 고기만 덩그러니 남았다. 예전엔 한두 입 먹는 척이라도 했지만 이제는 전혀 손이 가질 않는다. 나도 참 많이 바뀌었구나. 입맛이 당기지 않는다. 스테이크도 머쓱하고 나도 민망하고 어떻게 키워지고 희생되었는지 모를 어느 소에게 더 미안한 마음만 들었다. 죽음마저 헛되게 했으니.

그런데 엄마가 고기에 손도 못 대고 있는 나를 힐끔 보더니 "왜 안 먹어? 너 뭐 비건이냐?"라고 물으셨다. 뭐지? 어떻게 안 거지? '비건'이라는 단어를 콕 집어 말하니 깜짝 놀랐다. 멋쩍게 웃기만 하고 대답을 제대로 못 하는 사이 예식 행사가 이어졌다. 식이 진행되는 동안 '엄마는 내가 비건이란 걸 알고 있었던 걸까, 혹시 SNS로 보고 있었던 거 아니야?'라는 생각에 오히려 내 쪽에서 궁금증이 커졌다. 그동안 잔소리 들을 마음의 준비가 안 되었다는 이유로 내가 비건인 걸 밝히지 못하고 있었다. 멀리 떨어져 사는 가족들에게 괜히 걱정 끼치기도 싫고. 드디어 밝힐 때가 온 건가. 집에 돌아와 이야기를 다시 꺼냈다.

-엄마. 저 이제 고기 안 먹어요.

-뭐? 고기 안 먹으면 어떻게 힘을 내니.

채소에도 단백질이 많다는 말로 서둘러 방어하고 나서, 다른 잔소리가 쏟아지지 않을까 걱정했는데 의외로 덤덤한 반응이다. 그나저나 비건이란 단어는 어떻게 아는 건지 너무 궁금했다. '채식'도 아니고 '비건'이라니. 주변에 비건이란 말을 쓸 사람이 없을 듯한데. 그런데 예상치 못한 엄마의 답에 웃음이 터져 나왔다.

-아.《윤식당》에서 봤어.

예능 프로그램의 힘이란. 미디어의 역할이 이래서 중요하구나. 윤식당을 찾은 여러 채식 외국인 덕분에 나를 어렵게 설명하지 않아도 되어 얼마나 다행이었는지. 채식을 한다고 하면 마찰이 있을 줄 알았는데 예상 밖으로 별 탈 없이 넘어갔다. 그해 추석엔 엄마가 고기가 들어가지 않은 잡채를 해줬다. 세상에, 진작 비건이라 말할 걸 그랬나. 하지만 그랬다 하더라도 결혼식장에서 고기와 생선을 거절할 수 있었을까. 대체 메뉴를 따로 요청하고 다른 방법을 논의할 기회가 있었을까. 아니면 그냥 다른 핑계를 대며 혼자 음식을 참고 거절했어야 했나. 생각이 복잡해진다.

다른 결혼식은 동료의 결혼식이었다. 직장에 다니는 건 아니지만 프리랜서 창작자로서 동병상련의 마음이 있으니 동료라 불러도 좋을 듯하다. 그런데 코로나 이후로 결혼식은 소규모로 가족 친지들만 모여 한다고 들어서 참석해도 괜찮은 건지 망설였다. 그래도 축하하는 마음을 앞세워 식장으로 갔는데 예식장 건물 입구부터 살벌했다. 노란 표시에 맞춰 줄 서서 QR코드를 찍고, 손과 함께 핸드폰 소독도 했다. 이런 줄 알았다면 조금 서둘러 나왔으면 좋았을 텐데. 많은 관문을 뚫고 들어간 예식장엔 인원이 99명으로 제한되어 문이 이미 굳게 닫혀있었다.

같이 간 사람들과 홀에서 멀뚱히 서 있었더니 예식장 직원이 식당에서 스크린으로 예식을 볼 수 있다고 했다. 안내를 받아 아래층으로 내려가며 지난번 결혼식처럼 내가 먹을 수 있는 건 거의 없을 거라 예상했다. 그래서 평소 먹지 않는 아침까지 챙겨먹고 나왔는데 아차, 이번엔 뷔페다. 배는 하나도 고프지 않았지만 음식 사이를 다니며 먹을 수 있는 걸 담다보니 금세 접시가 가득 찼다. 여러 나라의 음식이 맥락 없이 담긴 접시를 비우며, 소리 나지 않는 화면에서 노래 부르는 신랑 신부의 모습을 봤다. 무슨 노래일까. 후식을 기지러 옆에 벗어둔 비닐장갑을 챙겼다. 뷔페의 음식을 담으려면 비닐장갑을 껴야 했다. 장갑을 끼지 않으면 직원이 달려와 장갑을 껴달라고 얼른 부탁한다.

지난 21대 총선 때 투표소에서 사용된 비닐장갑이 63빌딩 일곱 개 정도의 높이였다고 한다. 믿을 수 없는 숫자다. 63빌딩 일곱 개는 지금 어디에 있단 말인가. 투표할 때 비닐장갑을 쓰지 않으려고 고무장갑을 끼고 갔다는 사람의 이야기도 들었는데, 나도 미리 알았더라면 집에서 고무장갑을 가져올 용기가 있었을까. 고무장갑은 너무 눈에 띄어서 부담스럽지만, 라텍스 장갑 정도는 해볼 만하겠다. 아무튼 이런 저런 행사에 갈 때마다 쓰레기를 보며 꼭 이래야만 하나, 다른 방법은 없을까 고민만 하다 방법을 찾지 못하고 미간만 찌푸리다 온다.

　　　　　　12월이 오면 한 해를 마무리하고 잠시
호흡을 돌리며 쉼을 갖는다. 바쁜 일들이 끝나니 SNS에서
사람들이 살아가는 모습을 확인할 여유가 생겼다. 뒹굴뒹굴
하며 이것저것 보면서 시간을 때우다 우연히 '서울환경연합'
에서 하는 플라스틱 챌린지를 발견했다. '앗. 이건 나를 위한
건가?' 직감적인 확신으로 참여 신청 버튼을 꾹 눌렀다.

　　일 년에 한두 차례씩 나갔던 북페어 행사가 코로나 이후
온라인으로 많이 바뀌었다. 그 과정에서 어쩔 수 없이 포장

에 더 많은 신경을 써야 했고, 여러 물류가 오가는 상황에서 종이나 다른 포장재보다 비닐을 사용해야만 했다. 독립출판물을 만들기 시작하면서부터 표지 코팅도 하지 않고, 포장도 종이봉투를 쓰며 플라스틱 비닐 소재를 사용하지 않기 위해 노력했는데, 코로나라는 거대한 흐름 속에 의지와 신념이 너무나 쉽게 꺾였다. 다른 대안을 찾을 시간적 여유도 없었고, 생분해 같은 비닐 대안 소재들도 환경에 무해한 건지 의견이 분분해서 선택하기 어려웠다. 결국 비닐 포장지에 책을 싸며 '이렇게 되는구나.' 씁쓸하기만 했다. 언제 나아질지 모르는 모호한 상황 속에서 주변 상황에 대충 맞춰가고 있는 자신을 보며 마음이 내내 무거웠다.

책을 제작하며 플라스틱을 쓰지 않겠다는 원칙을 엄격하게 지켰지만, 사실 평상시 소비하는 플라스틱 쓰레기는 은근 많았다. 코로나 이후로 일회용 마스크가 생활필수품이 되고, 어떤 카페는 텀블러를 들고 가도 접촉을 꺼려 하며 받지 않으며 일회용 컵만 사용했다. 외식하기도 어렵고 마트에 가는 것도 부담스러우니 배달과 택배가 어느 때보다 급증했다고 한다. 어느 날 닷페이스를 통해 받은 메일에서 '플라스틱 대란' 영상을 봤다. 플라스틱 쓰레기들이 오도 가도 못하고 거대한 성벽처럼 쌓여 있었다. 그 모습을 보니 정신이 번쩍 들었다. '일상부터 다시 챙겨야겠다!' 플라스틱 제로(zero)는 안 되어도 플라스틱 레스(less)라도 되자는 마음으로, 내가 어쩔 수 없이 쓴 포장 비닐만큼 혹은 그 이상으로 일상에서 플라스틱 소비를 줄여야겠다고 다짐했다.

　　그리고 12월 1일. 플라스틱 챌린지는 하루에 쓴 플라스틱을 사진으로 기록하고 해시태그를 붙이면 되었다. 간단한 인증 방식이면 되는데 나는 무슨 의식의 흐름인지 그림일기를 같이 올렸다. 처음엔 재미로 시작했지만 중간엔 그만둘 이유를 찾지 못해 계속 그릴 수밖에 없었다. 꾸준히 무언가를 하는 건 정말 쉽지 않구나. 친구가 웬 하드 트레이닝이냐고 혀를 끌끌 찼으나, 매일 졸린 눈을 비벼가며 플라스틱에 관한 이야기를 그림으로 그려 업로드했다. 힘들긴 했지만 플라스틱 쓰레기 문제에 대해 대충 알고 있었던 사실을 정확히 파악할 수 있어서 좋았다.

　　무엇보다 의미가 있었던 건 챌린지를 통해 사람들과 연결되는 기분이었다. 환경 이야기를 하면 사람들이 잔소리처럼 여겨 불편해하지 않을까 우려했었는데, 몰랐던 사실을 알았다며 호응하는 댓글이 많았다. 같은 챌린지를 하는 사람들과 해시태그로 연결되어 서로 응원을 보내기도 했다. 서로의 작은 한마디가 큰 힘이 되었고, 사람들은 모두 들을 준비가 되어 있다는 걸 알았다. 밤마다 그림을 그리는 나는 혼자가 아니었다.

+ 애매모호한 플라스틱 쓰레기 배출 방법이 궁금할 땐, 유튜브에 '도와줘요 쓰레기박사'를 검색해서 홍수열 박사님의 설명을 참고하면 좋습니다.

분리배출 댄스

비우고 헹구고

떼고

찌그러뜨리고

뚜껑은 닫고!

따로 따로 분리 배출!

플라 스틱

투명 페트병

껍데기는 가라

매일 아침 한 잔씩 마시는 커피에서 나오는 찌꺼기와 가끔 마시는 두유를 먹고 나오는 테트라 팩, 그리고 어쩔 수 없이 발생하는 플라스틱 뚜껑을 다용도실 한쪽에 모아둔다. 청소 삼총사인 베이킹소다, 과탄산소다, 구연산 중에 떨어져 가는 것이 있으면 빈 통도 곁에 둔다. 그리고 망원동에 볼 일이 있을 때까지 기다린다. 망원동엔 언제나 환영해주는 친구네 집이 있고, 다양한 비건 식당도 있으며, 가성비 좋은 망원시장과 제로 웨이스트 가게인 '알맹상점'이 있다.

껍데기는 가고 알맹이만 오라는 의미의 알맹상점이지만 몇 가지 껍데기들은 환영받는다. 알맹상점엔 '커뮤니티 회수 센터'가 있어 갖다준 쓰레기들을 다른 물건을 만드는 자원으로 재활용한다. 종이 팩은 화장지로, 플라스틱 뚜껑은 치약 짜개나 생활용품으로, 커피 가루는 화분이나 연필로 되살아난다. 그냥 배출했으면 쓰레기였을 텐데 유용하게 쓰이니 죄책감이 덜 하다. 이전엔 커피 찌꺼기가 토양을 산성화시키고 두유 팩에 딸린 플라스틱 뚜껑이 재활용되지 않는다는 사실을 알면서도, 커피나 두유를 계속 소비하며 마음이 불편했다. 하지만 알맹상점 덕에 일종의 면죄부를 받고 있는 듯하다. 쓰레기를 주고 스탬프를 받아 쿠폰이 가득 차면 '플라스틱 방앗간'에서 만든 치약 짜개나 고리를 받는다. 작은 선물을 받으면 거기까지 쓰레기를 들고 간 보람을 느끼기도 하지만, 아무래도 쓰레기는 애초에 안 만드는 쪽이 더 낫겠지?

가끔 상점에선 알맹상점의 대표인 금자 님이 일하고 있는 모습을 볼 수 있다. 환경과 플라스틱 문제에 관한 영상에서 자주 본 터라 혼자 내적 친밀감을 갖고 눈빛으로 알은체를 한다. 오프라인으로 처음 본 건 '작은것이 아름답다'에서 주최한 '녹색 인문학 강좌'에서였다. 시종일관 유쾌한 표정으로 플라스틱의 문제점에 대해 설명하는 걸 들으며 '웃으면서도 화낼 수도 있구나!' 하는 걸 알았다. 얼마나 많은 곳에서 이 문제를 이야기했을까. 군더더기 하나 없는 유창한 말솜씨에 모두가 허리를 세우고 강연에 몰입했던 기억이 있다. 알맹상점에서도 방문하는 사람들에게 하나하나 친절히 설명하는 모습을 보면 정말 에너지가 넘치는 것 같다. 그 모습을 볼 때마다 마음속으로 양손 엄지를 들고 리스펙을 보낸다.

쓰레기를 갖다주고 나면 '리필 스테이션'에서 필요한 제품을 덜어 무게만큼 책정된 가격표를 붙인다. 그러고는 그냥 가기 아쉬우니 더 필요한 게 없나 가게를 둘러본다. 세숫비누나 설거지 비누, 고체 치약과 같은 세면 용품이나 천연 수세미나 소창 주머니, 면 마스크와 같은 제품도 필요하면 산다. 크지 않은 공간이지만 생활에 필요한 물건은 거의 있다. 언젠가 한번은 곡류 같은 먹을거리는 없는지 물어본 적이 있는데, 망원시장이 가까이에 있어서 식재료보다는 생필품 위주로 판매한다는 말을 들었다. 지역 경제까지 살피는 모습에 "아하!" 하고 감탄할 수밖에 없었다. 알맹상점을 만든 세 명의 활동가분들이 이전에 플라스틱 없이 장보는 캠페인을 망원시장에서 진행했던 걸 생각하면 어쩌면 자연스러운 일이었을 거다. 나도 그때 비닐 대신 사용할 천 가방을 모은다고 해서 친구들 것까지 모아 갖다준 적이 있는데 시장에서 잘 사용되었을까 궁금하다. 그 덕분에 망원시장에선 비닐을 거절하는 게 한결 편하다. 상인들도 장바구니를 꺼내는 나의 행동을 바로 이해하시고 화기애애한 분위기 속에 장을 볼 수 있다.

국내 첫 제로 웨이스트 샵이 생겼을 때 한 시간 이상 이동해야 하는 성수동까지 부랴부랴 찾아가서 '드디어 우리나라에도!'라 생각하며 감격한 적이 있는데, 요즘엔 '제로 웨이스트'라는 말이 생소하지 않고 곳곳에 무포장 가게들이 생겨나고 있다. 몇 년 전만 해도 포장 없이 어떻게 물건을 살 수 있을지 답이 없어 보였는데 세상이 순식간에 바뀐 듯하다. 그만큼 환경문제가 위기라는 뜻일까. 주말에 알맹상점에 가면 사람들이 바글바글하다. 둘러보면 이삼십 대 여성들이 주를 이루고 있다. MZ 세대들은 가치 소비에 중점을 두고 환경문제에도 관심이 많다고 하더니 정말 그러한가 보다 싶다.

때론 마케팅 타깃이 되어, 마치 그물 장바구니와 유리 밀폐용기, 나무로 만든 제품들이 있어야지만 제로 웨이스트를 할 수 있는 양 또 다른 소비의 부추김을 받기도 한다. 또 우리의 준비된 믿음을 악용해서 친환경적인 척, 브랜드 가치만 세탁하고 새로운 상품을 팔려는 기업들의 '그린워싱'에 속아 넘어가기도 한다.

'친환경'이라고 해서 무조건 믿을 수도 없고 점점 더 깐깐하게 살펴봐야 하니 더 피곤해진 건가 싶을 때도 있지만, 그럼에도 제로 웨이스트라는 말이 더 많이 퍼졌으면 좋겠다. 세대와 지역 상관없이 곳곳에 무포장 가게들이 더 많이 생기고 누구나 이용하는 공간이 되기를 바란다. 그래야 인류가 앞으로도 지구에서 계속 즐겁게 지낼 수 있지 않을까.

제로 웨이스트는 일시적인 트렌드가 아닌 모두가 새롭게 익혀야 할 생활 방식일거다. 이 글을 쓰며 알맹상점 사이트에서 '알맹상점을 내고 싶다는 분들께'라는 글을 발견했다. 알맹상점 같은 가게를 내고 싶어 하는 사람들이 많구나, 반가운 마음이 들면서 나도 제로 웨이스트 샵을 열면 어떨까 하는 상상을 했다. 가끔 동네 사람들과 모여 세제나 화장품을 만들고 채식 밥상과 함께 근황을 나누는 자리. 완벽하진 않아도 서로를 다독이는 안온한 시간 속에서 조금 더 무해한 삶에 다가갈 수 있을 것 같다.

숨은 플라스틱 찾기

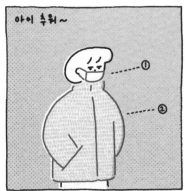

아이 추워~

①
②

따뜻한 차를 마셔야지

③

앗. 흘렸잖아!

④

......

⑤

정답
① 마스크 - 폴리프로필렌
② 패딩점퍼 - 폴리에스터
③ 티백 - 폴리프로필렌
④ 물티슈 - 폴리에스터
⑤ 스크럽 세안제 - 마이크로 비즈

최선의 차선

분명 내년에 벚꽃이 필 때까지 추위는 끝나지 않을 텐데, 겨울의 뇌는 '춥다, 추워.'라는 단어만 되뇔 뿐 다른 생각들은 멈춰버린 듯하다. 얼어버린 몸과 정신으로 긴 터널 같은 시기를 무사히 견딜 수 있길 바랄 뿐. 한땐 해마다 겨울의 끝에서 봄을 한 걸음 남겨두고 끙끙 앓았다. 뜨거운 물이 담긴 물주머니를 끌어안고 겨울잠 자는 곰처럼 며칠 푹 쉬고 나야 조금씩 길어지는 낮의 길이를 느꼈다. 이런 경험치가 쌓이자 겨울 채비에 신경을 쓰지 않을 수 없었다. 올해는 좀 더 잘 견뎌주길 바라며 목도리나 장갑, 귀마개 같은 겨울 용품을 하나씩 갖췄다. 히트텍을 두께별로 구비해 기온에 따라 입고, 잠수복 같은 두꺼운 기모 바지를 교복처럼 입고 다녔다.

언젠가부터 롱패딩 유행이 불었다. 거리에 사람들은 김밥처럼 검은 패딩을 둘둘 감고 다녔다. 겨울옷은 점점 더 단조로워진다며 유행을 피하는 척했지만, 사실 비싼 비용을 감당하기 어려웠던 걸지도 모른다. 게다가 환경과 기후변화에 대해 주워듣는 게 많아질수록 소비에 인색해져서 지금으로도 충분하다는 생각이었다. 도시에서 소비하는 물건들이란 왜 자연에 피해만 주는 건지. 옷 태그에 붙은 '구스다운'이라는 표시를 볼 때마다 따뜻함보단 무자비하게 털이 뜯긴 거위의 벌건 가슴팍이 먼저 떠올랐다.

그럼에도 나에게 패딩이 하나 있긴 있는데, 무릎 정도 내려오는 중간 길이로 간혹 바늘땀 사이에서 깃털이 삐죽 튀어나와 옷의 여기저기에 붙어있다. '아름다운 가게'에 물건을 기부하러 갔다가 발견한 옷인데 중고 옷 사이에서 운 좋게 새 옷을 발견했다. 구스다운이란 표시를 보고 한참 고민했다. 이 옷을 사도 되는 걸까. 동물이 함부로 다뤄졌을 생각이 들어 포기했다가 이미 만들어져 중고마켓까지 온 옷인데 버려지는 것보단 낫지 않을까 하며 다시 움켜잡았다. 겨울마다 패딩을 살까 했지만 이 문제로 몇 해 걸렸기 때문에 쉽게 결정할 수 없었다. 동물 털 대신 합성섬유가 완충재로 들어간 패딩은 미세 플라스틱 문제가 마음에 걸려서 대안이 아닌 듯했다. 어쩌면 지금이 패딩을 살 최적의 타이밍이 아닐까. 게다가 가격도 저렴하고. 이런저런 구실을 찾으며 옷을 걸쳐보고 거울 앞에서 몸을 앞뒤로 돌려보았다. 누구도 해치지 않는 완벽한 겨울옷이란 없는 걸까.

이후에 '비거니즘과 패션'을 주제로 강의를 들을 기회가 있었다. 인간이 동물에 저지르는 착취가 얼마나 끔찍하고 일상적인지 다시 확인하는 자리였다. 그러니까 내 패딩 때문에 대략 열다섯 마리의 오리나 거위가 산 채로 가슴팍의 털이 뜯겼단 말이지. 참혹한 사진들을 보고 있으니 내가 무슨 짓을 한 거지, 싶었다. 비건 패션 브랜드를 운영하는 강연자는 거위 털, 오리털 패딩의 대안으로 프리마로프트, 웰론 같은 신소재를 차선책으로 알려줬다. 미세 플라스틱이 우려된다면 미세 섬유를 거르는 세탁망을 사용하면 된다고 했지만, 미세 플라스틱을 온전히 서리하는 방법인지는 잘 모르겠다.

합성섬유도 잘만 관리하면 오래 입을 수 있다며 동물을 죽이는 것보단 나은 방법이라 했지만, 여전히 개운하지 않다.

우리는 일주일에 5g씩, 그러니까 신용카드 한 장 분량만큼 미세 플라스틱을 먹고 있다. 심지어 미세 플라스틱은 공기 중에도 떠다닌다고 한다. 구스다운인지 웰론 패딩인지, 동물권인지 미세 플라스틱 문제인지 하는 갈림길에서 무얼 선택해도 찜찜한 건 마찬가지다. 궁극적으론 겨울엔 여러 옷을 겹쳐 입는 방법이 가장 좋다고 한다. 고개를 끄덕이면서도, 옷을 많이 껴입으면 겨드랑이에 옷이 뭉쳐 움직임이 불편해지는 것과 화장실 갈 때마다 여러 겹의 옷을 벗고 다시 입어야 하는 귀찮음이 먼저 생각났다.

그보다 강의에서 흥미로웠던 건 와인 가죽, 선인장 가죽, 파인애플 가죽 등 식물성 가죽에 대한 내용이었다. 식물성 가죽은 합성섬유에 비해 수명이 짧은 대신 자연에서 생분해되는 장점이 있다. 비용이 저렴한 편은 아니지만 강의자는 이를 '지구세'라 여기면 좋을 것이란 말을 덧붙였다. 친환경 제품이 비싸도 선택하는 사람들 마음 역시 이와 같지 않을까. 지구에 빚진 마음을 조금이라도 갚고, 내 소비가 조금 더 가치 있기를 바라는 마음.

　어느 날, 비건 오픈 채팅방에서 캡처 사진 하나가 올라왔다. 자신을 채식주의자라 말하는 연예인이 가죽이 들어간 신발 광고를 찍었다며, 비난하려는 의도로 공유한 걸로 짐작되는 글이었다. 하지만 채팅창에 이어진 답변은 의외였다.

　'뭐라도 하는 분은 건들지 맙시다.'

　맞아. 뭐라도 하려는 사람은 응원해야지 비난할 건 아니지. 부족하지만 더 나은 방향을 생각하는 것만으로도 세상의 지축이 조금씩 바뀐다고 믿는다. 편의를 포기하지 않고선 모든 인간의 활동이 차선책일 수밖에 없다면, 모두의 차선이라도 모으는 것이 지금의 최선이 아닐까 싶다. 그날 구입한 패딩엔 동물 학대와 미세 플라스틱, 그리고 패스트 패션 산업까지 여러 문제가 어설프게 얽혀있지만, 나름의 최선이었다고 불편한 마음을 다독여 본다. 하, 근데 정말로 누군가 겨울옷에 대한 정답을 마련해 주었으면.

미세 플라스틱

한 사랑이 일주일 동안

평균적으로 섭취하는

미세 플라스틱은

신용카드 한 장 분량

약 5g···

이야기가 계속되길

        비건과 플라스틱 문제 사이에서 늘 갈 팡질팡하는 '나'가 있다. 어떻게 하면 비건을 하면서 플라스틱도 안 쓸까. 생활협동조합에서 유기농 식자재를 사려니 비닐포장이 되어있고, 청과물 가게에서 비닐 없이 사려니 채소를 재배한 방식이 의심된다. 잎채소 몇 장을 사면서도 마음이 불편해지는 날엔 마당이 있는 집에서 텃밭을 가꾸는 상상을 했다. 고민을 해결할 수 있는 방법이 없을까, 답답한 마음에 책을 낭독하는 모임에 들어갔다. 생태적 삶의 방식에 관심이 있는 친구들이 모여 온라인으로 텃밭 농사와 관련한 책을 읽었다. 처음 읽은 책은 《가이아의 정원》이었는데, '퍼머컬처'라는 농사법을 자세히 안내하는 내용이었다.

모르는 이름의 작물들이 많이 나와서 이게 뭘까 싶었지만, 적어도 인간이 자연에게 피해만 주는 존재가 아닌, 서로 도움을 줄 수도 있는 사이라는 걸 알았다. 기후위기라는 암울함 속에서 처음으로 '희망'이란 걸 발견했다. 도시인들이 농촌에 먹거리를 의존하고 있는 현실 때문에 공장식 축사와 대규모 영농이 발생하는구나. 자급하는 삶이 필요하다는 확신이 들었다. 농부가 되지 않아도 생활 속에서 간단한 먹을거리는 길러 먹을 줄 알아야겠다고. 한때 귀촌을 진지하게 고민했던 적이 있었다. 그러나 도시의 많은 문제와 아이러니함을 뒤로하고 혼자 시골에서 유유자적 살아간다면 그게 무슨 의미일까, 도피하는 기분이 들어 마음을 접었다. 지금의 자리에서 실마리를 찾고 싶었다.

퍼머컬처란 '지속가능한 농업에 기초한 생태 문화'라고 했는데 농사에 경험이 없으니 뭐를 지속해야 하는 건지 감도 없었다. 옥상 텃밭이 농사 경험의 전부인 내가 떠올릴 수 있는 농사는 고속도로를 타고 가면서 본 길게 이어진 단일 농

작물과 비닐하우스가 전부다. 그런데 그렇게 한 가지 작물만 지으면 병충해가 생기기 쉽고 땅심도 줄어든다고 한다. 그러면 제초제와 퇴비가 필요하고 관리하는 데 에너지도 들어가니 노동력뿐만 아니라 탄소배출도 많이 발생한다. 물론 관리 비용도 많이 든다. 농촌에서 도시 사람들의 식량을 위해 풀조차 공장식으로 짓고 있다는 걸 깨닫지 못하고 있었다. 농업은 원래 그러한 줄 알았다.

효율적으로 보이는 이면에 먹거리는 점점 생명력을 잃는 게 아닌지, 우리는 껍데기만 먹고 병들어 가는 건 아닌가 하는 생각이 들었다. 쓰레기도 줄이고 바른 먹거리도 기를 겸 도시에서도 내 반찬거리 정도는 자급할 수 있는 환경을 만들고 싶다는 생각이 강해졌다. 책을 읽으며 상상 속에서만 밭을 가꾸다 보니 자그마한 땅이 간절히 필요해졌다. 그러던 중 낭독 모임의 친구들이 속해있는 퍼머컬처 공동체 밭에서 '퍼머컬처 디자인 과정'이 열린다는 소식을 들었다. 때가 왔구나 싶어 덜컥 신청해 버렸다.

빛과 바람의 방향, 물길을 읽고 가진 자원과 한계를 파악해서 밭을 디자인했다. 글로만 보넌 걸 몸을 사용헤 익히니 지식이 아니라 지혜를 배우는 듯했다. '철들었다.'는 말이 절기를 안다는 말에서 비롯되었단 것처럼 지혜란 자연의 이치를 아는 데서 오는 것이 아닐까. 퍼머컬처는 밭 모양부터 구불구불 재밌는 형태가 많고, 작물도 한 가지 작물로만 심지 않고 성장하는 데 서로 도움이 되는 작물을 모아 섞어 심는다. '자연스럽다.'고 하면 뭔가 질서정연과는 거리가 있는, 흐트러진 모양새를 떠올리곤 한다. 하지만 나선형이나 프랙탈 구조와 같은 자연 형태를 밭에 적용하는 걸 보면서 자연이야말로 군더더기 하나 없는 효율적인 시스템을 가진 게 아닌가라고 감탄했다. 정말 자연을 알면 알수록 어느 하나 버릴 것이 없다. 각자의 상황에서 모두 제 역할을 하고 있다. 작물과 잡초, 익충과 해충이라는 구분도 얼마나 인간 중심적인지. 그래도 인간으로서 원하는 먹거리를 얻고자 한다면, 내가 원하는 식물이 더 잘 자랄 수 있도록 환경을 잘 조성해 놓으면 그만이다. 나머지는 자연이 알아서 스스로 일을 한다. 제초제나 화학비료도 주지 않는다. 왕겨나 지푸라기, 혹은 그 땅에서 난 풀로 땅을 잘 덮어주면 (인간 기준에서의) 잡초도 거의 생기지 않고, 점점 땅이 살아나 작물이 더 잘 자란다. 퍼머컬처는 내가 농사라고 하면 갖고 있던 관념을 모두 깨뜨렸다.

수업을 들으며 가장 기억에 남는 말은 '인간의 노동이 점점 늘어나는 밭은 뭔가 잘못되었다는 뜻이다.'라는 거였다. 노동 없는 밭이라니, 충격이 아닐 수 없었다. 퍼머컬처 밭은 경운을 하지 않아 땅이 점점 살아나고 다년생 위주로 심기에 해가 갈수록 사람의 손이 덜 간다. 내가 텃밭에 다닌다고 하면 사람들은 힘들지 않냐고 먼저 물었는데 그때마다 나는 위의 말을 들려줬다. 그러면 내가 그랬듯 사람들도 놀란다. 꽃과 허브와 나비가 나풀거리는 퍼머컬처 밭을 볼 때마다 '책에서 보던 아름다운 정원이 현실에서도 가능하다니.'라 생각하며 울컥했다. 비록 작년엔 옥수수는 망했고 멧돼지가 고구마를 몽땅 파헤쳐가기도 했지만 (신기하게 맛있는 것만 골라 가져간다. 똑똑한 녀석.) 농사 초보인 나의 지식과 들인 노동에 비해 훨씬 많은 것을 얻었다.

처음엔 편도로 두 시간 넘게 걸리는 밭까지 다니면서 잘할 수 있을까 걱정이 많았다. 그러나 밭에 도착하면 항상 잘 왔구나 싶다. 컴퓨터에 거의 종일 붙어 앉아있는 현실을 떠나 초록을 보고 있으면 모든 게 꿈같다. 일에서 벗어나니 잡초 뜯는 것도 왜 이렇게 즐거운지. 녹음이 짙은 여름엔 굵은 땀방울을 흘리면서 나도 모르게 콧노래를 흥얼거렸다.

무더위가 지나고 한참 만에 찾은 가을의 밭엔 풀벌레 소리로 가득했다. 풀벌레가 울기 시작하면 모든 것을 수확하고 겨울을 준비할 때가 온 것이라고 한다. 서리가 내리고 겨울이 되면 다년생인 작물들은 잠시 잠들었다가 내년에 때가 되어 같은 자리에서 다시 살아날 것이다. 땅을 덮은 낙엽들 덕에 땅은 점점 더 기름질 것이다. 그럼 나는 할 일이 줄어들겠지? 그렇담 남는 시간에 내가 경험한 이야기를 기록하고 나눠야겠다. 작고 미약한 이야기더라도 주변 몇 사람이라도 공감할 수 있다면 나는 전하고 싶다.

지난 IPCC* 6차 발표에선 온도 상승이 1.5도에 이르는 해가 2050년에서 10년 더 단축되어 2040년쯤이 될 거라고 한다. 내가 자연을 알아가는 속도보다 기후가 무너지는 속도가 더 빠르니 이미 진 게임인걸까. 마음만 조급해지고 무엇을 어떻게 해야 할지 몰라 절망스러웠다. 그러다《파란하늘 빨간지구》의 저자 조천호 박사님의 강의를 들었다. 박사님은 "인류는 작은 습관을 고치기도 너무 어렵고, 모순 역시

• • • • • • •

* Intergovernmental Panel on Climate Change. 기후변화와 관련된 정부 간 협의체이다. 기후변화 문제에 대처하고자 세계기상기구(WHO)와 유엔환경계획(UNEP)이 1988년 공동 설립했다.

많아 완벽하진 않습니다. 하지만 이야기를 만들어 낼 수 있는 능력이 있고, 또 서로 공감하고 함께 믿게 될 때 세상을 무시무시한 힘으로 바꿔낼 수 있습니다."고 말했다. 2018년에 혼자 시위를 했던 그레타 툰베리의 이야기에 공감한 전 세계 사람들이 모여, 2019년에 '기후위기 비상행동'을 만들어 냈다. 이렇듯 어딘가에 뜻을 모으는 사람들이 생각보다 많다는 걸 믿고, 그러니까 나도 포기하지 않고 할 수 있다는, 해야만 한다는 이야기를 계속 해야겠구나 싶다.

들꽃 시식

새로운 세계가 열렸다

• 참고 도서

18쪽: 비 존슨 저, 박미영 역, 《나는 쓰레기 없이 산다》, 청림Life, 2014.

71쪽: 콜린 베번 저, 이은선 역, 《노 임팩트 맨》, 북하우스, 2010.

86쪽: 파트리크 쥐스킨트 저, 강명순 역, 《향수》, 열린책들, 2000.

91쪽: 사사키 후미오 저, 김윤경 역, 《나는 단순하게 살기로 했다》, 비즈니스북스, 2015.

109쪽: 김미수 저, 《생태 부엌》, 콤마, 2017.

238쪽: 토비 헤멘웨이 저, 이해성 · 이은주 역, 《가이아의 정원》, 들녘, 2014.

242쪽: 조천호 저, 《파란하늘 빨간지구》, 동아시아, 2019.

비워도 허전하지 않습니다

초판 1쇄 인쇄 2022년 10월 11일
초판 1쇄 발행 2022년 10월 26일

지은이 | 이소
발행인 | 강봉자, 김은경

펴낸곳 | (주)문학수첩
주소 | 경기도 파주시 회동길 503-1(문발동 633-4) 출판문화단지
전화 | 031-955-9088(마케팅부), 9532(편집부)
팩스 | 031-955-9066
등록 | 1991년 11월 27일 제16-482호

홈페이지 | www.moonhak.co.kr
블로그 | blog.naver.com/moonhak91
이메일 | moonhak@moonhak.co.kr

ISBN 978-89-8392-311-0 03810